KB254041

氷魔傳說
빙마전설

빙마전설 5

요도 김남재 新무협 판타지 소설

초판 1쇄 찍은 날 § 2007년 11월 15일
초판 1쇄 펴낸 날 § 2007년 11월 24일

지은이 § 요도 김남재
펴낸이 § 서경석

편집장 § 문혜영
편집책임 § 서지현
편집 § 유혜림

펴낸곳 § 도서출판 청어람
등록번호 § 제1081-1-89호
등록일자 § 1999. 5. 31
어람번호 § 제2-1349호

주소 § 경기도 부천시 원미구 심곡1동 350-1 남성B/D 3F (우) 420-011
전화 § 032-656-4452 팩스 § 032-656-4453
http://www.chungeoram.com
E-mail § eoram99@chollian.net

ⓒ 요도 김남재, 2006

ISBN 978-89-251-1021-9 04810
ISBN 89-251-0461-X (세트)

傳說魔氷

빙마전설

요도 김남재 新무협 판타지 소설

Fatastic Oriental Heroes

5

도서출판 청어람

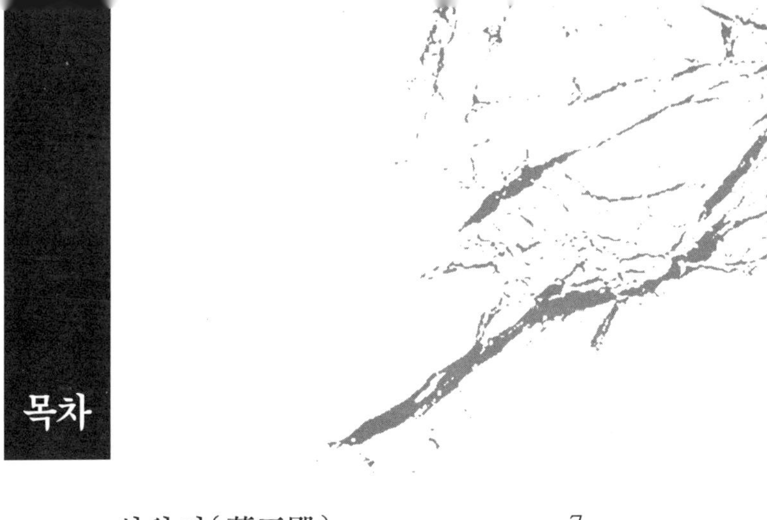

목차

第一章
약왕전(藥王殿)

강서성(江西省) 옥화산(玉化山) 초입에는 커다란 장원이 하나 있다.

장원은 각양각색의 사람들로 북적거렸다.

전혀 연관성없어 보이는 이들이 이토록 모여 있는 이곳은 바로 중원에서 약과 의술에 관해서 가장 이름 높다는 약왕전(藥王殿)이다.

약왕전은 매년 수많은 의원들을 세상에 내보낸다. 그리고 그들은 세상에 퍼져 병든 이들을 치료하는 의원이 된다.

그 덕에 약왕전이라는 이름은 중원에서 무척이나 좋은 편이다.

약왕전을 찾아오는 이들은 다양하지만 그들의 목적은 한결같다.

바로 병을 치료하기 위해서다. 수많은 병들의 해결책을 구하기 위해 많은 이들이 하루에도 수백 명씩 이곳 약왕전을 찾는다.

그리고 별로 특이할 것 하나 없는 오늘, 약왕전의 입구에 두 남녀가 모습을 드러냈다.

그들은 바로 머나먼 북해에서 이곳 강서성까지 길을 떠났던 설무린과 북설이었다.

약왕전의 근방에 다다른 설무린은 많은 사람이 북적거리는 그곳을 바라보며 다소 냉소 섞인 미소를 지어 보였다.

"이곳인가."

북해에서 이곳 약왕전까지 오는 데 오랜 시간이 걸렸다. 그리고 바로 이곳 약왕전에 설무린과 북설을 중원으로 오게 한 이유가 있을지도 모른다. 아니, 꼭 있어야 한다.

"가자."

약왕전의 전주 조자양(曹自量)은 빼어난 의술과 곧은 성품으로 무림에서 널리 알려진 인물이다.

약왕전의 전주들은 대대로 약왕(藥王)이라는 별호를 물려받았고, 그 별호를 잇기 위해서는 상당히 많은 관문을 거쳐야만 했다.

약왕이라는 이름은 그 시대 최고의 의술을 지닌 자를 뜻한다고 해도 과언이 아니다.

그 정도로 의술에 한해서는 지고한 위치에 있는 조자양이지만 그는 결코 남을 얕보거나 자신의 능력을 으스대지 않는다.

조자양의 하루는 환자의 피고름으로 시작해서 피고름으로 끝난다.

높은 위치에 올랐다 하지만 조자양은 단 한시도 환자에게서 떨어지지 않았다.

천생 의원.

조자양은 그러한 사내였다.

약왕전에서 급한 부상을 입은 환자들을 치료하는 곳에 조자양이 양 소매를 걷어붙인 채로 부상자들과 씨름하고 있었다.

사십대 중반의 나이.

의원이라고 믿어지지 않을 무인과도 같이 탄탄한 몸을 지니고 있는 조자양은 가까이 사는 이웃처럼 편안한 인상을 지닌 중년의 사내였다.

하지만 그는 결코 그런 평범한 사람이 아니었다.

중원제일의 의술을 지닌, 바로 약왕전의 전주가 조자양 아니던가.

"으으!"

“잠깐 좀 참게.”

오늘은 무슨 일인지 대낮부터 큰 환자가 실려 왔다. 근방에 있는 공사장이 무너지며 일하던 장정 몇 명이 돌에 의해 큰 부상을 입었다.

온몸이 피투성이가 된 환자를 만지는 것이 그리 유쾌할 일이 아닐 법도 하련만, 조자양은 전혀 거리낌 없어 보였다.

상처를 치료하는 조자양의 손놀림은 무척이나 빨랐고, 또한 정확했다.

피가 사방으로 튀었지만 조자양은 눈 하나 깜짝하지 않았다.

급히 그들을 치료하고 있을 때 수하 중 하나가 바깥쪽에서 걸어와 조심스레 말을 걸었다.

“전주님, 누군가가 찾아오셨는데…….”

“기다리시라고 해라.”

조자양은 뒤도 돌아보지 않으며 말했다.

지금 그의 관심은 오직 눈앞에 부상을 입은 환자에게 쏠려 있었다.

조자양은 언제나 그러했다.

제아무리 귀한 손님이 찾아온다 해도 환자를 두고 결코 몸을 돌리지 않았다. 그런 조자양의 성품을 잘 아는 탓에 수하 또한 망설이지 않고 몸을 돌렸다.

그리고 조자양의 손이 다시 움직였다.

“하아, 이제 잠시 쉬지.”

긴 수술이 끝나고 나서야 조자양은 깊은 한숨을 내쉬었다.

아침부터 큰 부상을 입은 환자들이 몰아닥치는 탓에 정오가 훌쩍 지난 지금까지 그는 허리 한 번 제대로 펴지 못했을 정도다.

한숨을 내쉬던 조자양의 눈에 처음 보는 낯선 남녀가 들어왔다.

그들은 언제부터인지 모르겠지만 조자양이 환자를 치료하던 이곳에 서 있던 모양이다.

조자양이 둘을 바라보며 고개를 갸웃했다.

그가 입을 열었다.

“저분들은…….”

“아까 제가 말씀드린 전주님을 찾아온 분들입니다.”

“아.”

완전히 잊고 있었던 조자양은 하늘을 올려다봤다. 해가 이미 중천을 훌쩍 지난 상태.

한마디로 이들은 이곳에 세 시진 이상을 가만히 서서 기다렸다는 소리다.

조자양은 황급히 그들에게 다가갔다.

조자양이 젊은 남녀를 향해 진심으로 미안한 자신의 마음을 표현했다.

"이런! 미안하네, 내가 실례를 한 것 같군."

"별로 상관없습니다. 그리 오래 기다린 것도 아니고요."

아무렇지 않다는 듯 젊은 사내가 대꾸했다. 대낮부터 자신을 찾아와 이곳에서 기다린 두 남녀를 보며 조자양은 고개를 갸웃했다.

전혀 일면식이 있는 자들이 아니다.

약왕전은 의가(醫家)라는 그 특성상 전주를 만나는 것이 그리 어렵지 않다.

돈 한 푼 없는 비렁뱅이라고 해도 약왕전은 전주와의 만남을 허락해 준다.

그랬기에 종종 전혀 안면이 없는 자들을 만나기는 하지만…….

세 시진은 긴 시간이다. 하지만 문제는 그게 다가 아니다. 그 세 시진 동안 조자양은 큰 부상을 입은 수많은 환자들을 치료했다.

의가에 몸담고 있는 자들조차도 인상을 구길 정도로 역한 광경이었을 게다. 그런데도 불구하고 이들은 안색 하나 변하지 않고 이곳에 서 있었다.

무인이라고 해도 쉽지 않은 일이다.

잠시 둘을 탐색하던 조자양이 물었다.

"그런데 어떤 연유로……."

"환자의 비밀을 지켜준다고 들었습니다."

입을 열어 이곳 약왕전에 온 목적을 물으려던 조자양이 입을 닫고 사내를 바라봤다. 갑자기 날아들어 온 전음이 다시금 이어졌다.

"맞습니까?"

"물론이네."

약왕전이 비록 의가이기는 하지만 어느 정도 무공이 뒷받침되기에 전주인 조자양 또한 어렵지 않게 전음을 사용했다.

조자양에게 확답을 들은 사내가 자신의 정체를 밝혔다.

"북해빙궁 소궁주 설무린이라고 합니다."

"……!"

정체를 듣는 순간 조자양은 속으로 움찔했다. 하지만 그는 겉으로는 전혀 내색하지 않고 오히려 뭔가가 생각났다는 듯이 고개를 끄덕였다.

자신의 정체를 주변이 알아차리지 못하게 전음으로 밝혔다.

그러한 행동을 한 연유가 있을 게다.

조자양은 눈치 빠르게 대응했다.

"아! 안에 들어가서 이야기하지."

조자양은 이곳은 주변에 눈이 너무 많다고 판단하고는 급히 장소를 옮기자고 제안했다. 그가 급히 뒤로 고개를 돌리며 다른 자들에게 말했다.

"잠시 자리를 비울 테니 큰 문제가 있으면 안으로 연락을 주게. 그럼.”

말을 마친 조자양은 빠른 걸음으로 안채를 향해 걸었다.

약왕전은 북해빙궁과 전혀 연이 없다.

그런데도 불구하고 소궁주라는 자가 찾아와서는 은밀히 무엇인가를 물으려 한다. 특별한 대화를 나눈 것은 아니지만 뭔가가 있다는 걸 조자양은 직감적으로 알아차렸다.

‘소문은 들었지만…….’

북해빙궁의 소궁주가 무림에 나타났다는 건 이제 모르는 이가 없을 정도라 해도 과언이 아니다.

거기다가 중원에 나타난 이유가 결혼할 배필을 구하기 위해서란다.

조금이라도 무림에 관심이 있는 자들이라면 최근 우스갯소리로 자주 입에 담는 인물이 바로 지금 나타난 설무린이라는 작자다.

지금 중원에서 설무린은 조롱의 대상이다. 머나먼 북해에서 이곳까지 배필 하나 구하겠다며 나왔다고 하니 어찌 우습지 않겠는가.

얼마나 할 짓이 없으면 그 같은 일로 시간을 죽인단 말인가.

소문만 들었을 때는 조자양 또한 한심한 작자이려니 생각했다. 하지만 막상 이렇게 대면하니 단지 소문만이 전부는 아닐지도 모른다는 판단이 섰다.

자신의 서가에 도착한 조자양이 책들을 한쪽으로 치우며 자리에 앉았다.

뒤따라 서가에 들어선 설무린의 눈이 휘둥그레졌다.

사방을 뒤덮고 있는 책 때문이다.

"호오, 이게 다 의술에 관련된 책들입니까?"

장정 수십이 누울 수 있을 정도로 커다란 공간이 온통 책으로 가득하다. 벽면 가득한 책들에서는 오래된 종이에서 풍기는 냄새가 물씬 흘러나왔다.

서책을 바라보며 조자양이 대꾸했다.

"대부분이 그렇지. 왜? 의술에 관심이라도 있는가?"

"설마요."

설무린이 손사래 쳤다.

책을 한 바퀴 둘러본 설무린 또한 바로 자리에 앉자 조용히 북설이 바깥으로 걸어나가 문 앞을 지키고 섰다.

그러한 모습에 조자양이 궁금증이 일었다.

"저 소저는 갑자기 왜……."

"혹 누군가가 다가올까 먼저 준비하는 것이죠."

"허어, 저 아가씨도 북해에서 온 것인가?"

"북해에서부터 함께한 제 그림자무사입니다."

"그림자무사라니? 호위무사 같은 겐가?"

"정확하게 설명하면 조금 다르긴 하지만 그렇게 보셔도 무방합니다."

그림자무사에 관해 일일이 설명할 필요가 없었기에 설무린은 대충 이야기를 끝냈다.

대신 설무린은 품 안에서 조그만 병 하나를 꺼내 조자양을 향해 내밀었다.

설무린이 내민 병을 건네받은 조자양이 그것을 바라보며 나지막이 입을 열었다.

"이건……."

"독입니다."

"독?"

독이라는 말에 조자양의 인상이 살짝 구겨졌다.

조용히 병을 들고 있던 조자양이 설무린을 응시했다. 설무린은 그의 눈을 피하지 않았다.

"이 독의 해약을 구하기 위해 북해에서 이곳까지 왔습니다."

북해빙궁이 있는 북해와 약왕전이 있는 이곳 강서성.

거의 중원의 끝과 끝이라 봐도 될 정도로 어마어마한 먼 거리다.

그러한 거리를 북해빙궁의 소궁주라는 지위를 지닌 자가 직접 왔다는 것은 그만큼 중요한 일이라는 걸 의미한다.

설무린에게 건네받은 병을 내려놓으며 조자양이 물었다.

"독의 종류를 아는가?"

"흡혈잠마지독이라고 하더군요. 남만에서는 전설처럼 내려오는 독이라나 뭐라나 하기는 하던데……."

“뭐라고?”

조자양이 눈동자가 흔들렸다.

약과 독은 완전히 다르지만, 또한 일맥상통(一脈相通)하기도 한다.

약이 독이 될 수도 있고, 독 또한 약이 될 수도 있다. 약왕전의 전주인 조자양 또한 독에 대해서 꽤나 박식한 지식을 지녔다.

흡혈잠마지독.

직접 본 적은 없지만 이름은 몇 번 들어봤다.

남만에서 사라졌다고 알려진 독.

사람들의 입으로만 전해져 내려오는 이젠 전설이 된 극독(劇毒)이다.

흡혈잠마지독이라는 말에 조자양이 혀를 찼다.

“쯧… 지독한 독의 해독약을 구하는군.”

“해독약을 아십니까?”

“그럴 리가 있겠는가. 나 또한 흡혈잠마지독은 이야기로만 들어봐서 말일세.”

알지 못한다고 대답했지만 설무린은 크게 낙심하지 않았다. 애초부터 단번에 해독약을 휙 하니 전해줄 거라고 생각하지 않았기 때문이다.

그렇게 쉬웠다면 흡혈잠마지독은 결코 전설처럼 회자되어오지 못했을 게다.

설무린은 말없이 병을 응시하고 있는 조자양에게 입을 열었다.

"이 독의 해약을 부탁드려도 되겠습니까?"

"흐음……."

조자양은 섣불리 대답하지 못했다. 해독약을 만들 수 있을지 자신할 수 없는 것도 문제이지만, 과연 이것을 어디다 쓰려는지 알 수 없기 때문이다.

"해독약을 구하는 이유가 뭔가?"

"가까운 지인이 이 독에 당했습니다. 그래서 해독약을 구하려고 하는 겁니다."

"흡혈잠마지독에 당했다고?"

조자양이 놀란 표정으로 설무린을 바라봤다.

제법 큰 눈에 의아하다는 감정이 가득 담겼다.

그건 조자양이 흡혈잠마지독에 대해 어느 정도 알기 때문이다.

직접 중독당한 자를 본 적은 없지만 일곱 걸음을 걷기도 전에 죽는다고 할 정도로 목숨에 치명적인 독이다.

제아무리 강인한 무인이라고 해도 북해에서 이곳까지 오는 동안 버텨낼 수 있는 독이 아니다.

"한 가지 묻고 싶은 게 있는데……."

"뭡니까?"

"흡혈잠마지독에 당했다는 그분이 아직도 살아 계신가?"

"물론이죠. 그렇지 않았다면 굳이 이렇게 먼 곳까지 올 까닭이 없지요."

설무린은 아무렇지 않게 대꾸했지만 대답을 들은 조자양의 표정은 놀람으로 가득했다. 북해에서 이곳 약왕전까지 오는데 제아무리 빠른 수단을 이용한다고 해도 최소 몇 달이다.

그런데 아직까지 살아 있다고?

믿을 수 없는 일이다.

놀란 얼굴에서 조자양의 생각을 읽은 설무린이 입을 열었다.

"북해빙궁에 빙관이라는 물건이 있습니다. 그걸 이용해서 생명을 연명하고 계시죠."

"아……!"

그제야 궁금증이 풀린 조자양이 고개를 끄덕였다.

빙관이라는 것이 무엇인지 정확히는 알 수 없으나 북해의 특성을 이용한 것이라 지레짐작하며 조자양은 대충 상황을 납득했다.

상황은 알았지만 조자양은 쉽사리 대답하지 못했다.

흡혈잠마지독의 해약을 만들어낼 자신이 없기 때문만은 아니다.

조자양이 조심스레 물었다.

"대충 이야기는 알아들었네. 하지만 한 가지 확인하기 전에는 내가 그 해독약을 만들어보겠다는 약조를 할 수가 없는 상황일세.”

“독에 중독당한 사람이 누구냐라는 걸 물으시려는 모양이군요.”

“음……!”

설무린의 말에 조자양은 내심 놀란 눈치였다.

전혀 그런 언급을 한 것도 아니었는데 상대방은 이미 그의 생각을 파악하고 있었던 것이다.

설무린의 말대로였기에 조자양은 고개를 끄덕였다.

혹 조자양이 흡혈잠마지독의 해약을 만들어낸다면 그것이 단순히 환자를 치료하는 것만이 아닌 다른 용도로 쓰이는 것은 결단코 용서할 수 없기 때문이다.

그랬기에 그는 모든 걸 확실히 알고자 한 것이다.

그때 설무린이 갑작스럽게 나직이 미소를 흘렸다.

“후후! 죄송하지만…… 그건 어려울 것 같습니다.”

“그렇다면 나 또한 그 일을 선뜻 맡기는 어려울 것 같군.”

조자양 또한 자신의 생각이 있는지라 강하게 밀어붙였다. 부탁을 하는 입장인 데도 불구하고 설무린의 표정은 전혀 변하지 않았다.

“지금 독에 중독당한 이가 누군지는 말씀드릴 수 없지만 추후에 당할 사람들에 대해서는 이야기할 수 있지요. 궁금하지 않으십니까?”

설무린의 미소가 짙어졌다.

가만히 그의 표정을 바라보고 있던 조장양이 아무런 말도 없이 설무린을 응시했다.

설무린은 손가락을 들어 올려 자신을 가리켰다.

그런 설무린의 행동에 조자양이 눈을 크게 떴다. 놀란 어조로 조자양이 말했다.

"자네?"

"예, 그리고 저뿐만이 아니죠. 북해에 사는 수만이 넘는 목숨. 그들이 모두 죽을지도 모릅니다."

담담한 어조였다.

하지만 그 안에 담긴 무게는 결코 가볍지 아니했다. 수만의 목숨이라는 말에 조자양이 움찔하며 설무린이 건네주었던 병을 바라봤다.

흡혈잠마지독이라면 분명 그러한 괴력을 지니고 있다.

그리고 상황이 그리된다면 흡혈잠마지독은 단순히 북해만의 문제가 아니다.

그것은 곧 중원으로 퍼지게 될지도 모른다.

북해든, 중원이든 엄청난 생명들이 천천히 꺼져 버릴 게다.

"끄응."

조자양이 골치 아픈 표정을 지어 보였다.

원래 그의 원리원칙대로라면 사용 목적이 불분명한 일은 맡지 않는다. 하지만 그런 이유로 가만히 두기에 흡혈잠마지독은 너무나 지독한 물건이다.

설무린은 고민하는 조자양의 표정에서 속내를 알아차렸다.

그랬기에 설무린은 아무런 말도 하지 않고 조자양의 생각이 정리되기를 기다렸다.

홀로 아무런 말도 없이 상념에 잠긴 지 반 각.

조자양이 마음을 정했다. 그가 꽤나 무거워 보이는 입을 열었다.

"보름. 보름의 시간이 필요하네. 보름이라면 흡혈잠마지독의 해약을 내가 만들어낼 수 있을지 없을지 대충이나마 알 수 있을 것 같으니까."

"그 말은 허락이라고 받아들여도 되겠습니까?"

"반쯤은."

반쯤 허락했다고 말했지만 이 정도라면 이미 받아들인 것과 마찬가지다.

설무린이 자리에서 일어나 포권을 취했다.

"고맙습니다."

"아직 해약을 만들어낸 것도 아니니 인사는 그때 가서 받지. 솔직히 말해 해약을 만들어낼 자신은 별로 없으니까."

흡혈잠마지독은 전설의 독.

비록 그로부터 오랜 시간이 흘러 수많은 독술과 의술들이 발전했다 하지만 결코 쉽지는 않은 일일 것이다.

이야기가 끝났다고 판단했는지 설무린에게 받은 병을 품속에 갈무리한 조자양이 자리에서 일어났다.

“난 그럼 아직 해야 할 일이 있어서 이만 가보도록 하지. 자네들이 머물 방도…….”

“아뇨. 저희는 이곳에 있을 수 없지요.”

“이곳에 있을 수 없다니? 그게 무슨 말인가?”

“저 또한 이곳에서 상황의 진전에 대해 들으며 있고 싶지만…… 사정이 그리 못 되는군요.”

설무린이 말을 마치며 슬쩍 웃음을 흘렸다.

이곳 약왕전에 오래 있을 수 없다. 다른 곳도 아닌 이곳에서 오래 머무른다면 분명 설무린을 감시하고 있는 그 누군가들에게 의심을 사게 된다.

더군다나 지금 해야 할 일도 있기에.

설무린이 자리에서 일어났다.

“보름. 정확하게 보름 후에 다시 찾아뵙지요.”

말을 마친 설무린은 가만히 서 있는 조자양에게 인사를 건네고는 문밖으로 걸어나왔다.

문 쪽에 조용히 서서 보초를 서고 있던 북설을 힐끔 쳐다본 설무린이 고갯짓을 하며 말했다.

“가자.”

“예.”

짧은 대답과 함께 북설이 뒤에 따라붙었고, 몇 걸음 걷지 않아 설무린이 몸을 돌렸다.

아직까지 미동도 않고 서 있던 조자양과 설무린의 눈이 마주쳤다.

"부탁하지요."

"그러게."

진심이 담긴 한마디를 남긴 채 설무린은 그대로 문주의 거처를 벗어나 버렸다.

설무린과 북설이 떠난 후 조자양은 잠시 동안 멍하니 서서 그들이 사라졌던 문을 바라봤다. 바람처럼 나타났다가 또다시 바람처럼 사라졌다.

'거참, 복잡한 사정을 지닌 사내로군.'

잘은 모른다.

하지만 결코 가볍지 않았던 두 눈동자, 그리고 장난스러워 보이는 말투에서도 진심이 묻어났다.

무슨 일인지 모르겠지만 지금 설무린이 말한 것이 사실이라면 그는 몇만, 아니, 몇십만의 목숨을 짊어지고 있다 해도 과언이 아니리라.

젊은 사내가 짊어지기에는 너무나 무거운 짐이 분명하다.

그런데도 불구하고 전혀 거리낄 것 하나 없어 보이던 당당한 발걸음.

'어려도… 북해의 소궁주라 이건가?'

새외삼궁의 하나인 북해빙궁, 그리고 바로 그 북해빙궁의 소궁주가 바로 지금 사라진 그 사내다.

약왕전을 빠져나간 설무린은 근방에 있는 나무등지에 걸터앉았다.

옆에는 삼 일 전에 샀던 두 필의 말과 북설이 서 있었다.

설무린의 시선은 멀리 떨어져 있는 약왕전으로 향한 상태였다.

"잘됐으면 좋겠군."

중얼거림으로 들릴 정도의 작은 목소리였다. 하지만 북설은 그러한 조그만 목소리도 놓치지 않았다.

"원하시는 대로 되실 겁니다."

"후후. 그렇게만 된다면야."

나지막이 웃으며 설무린이 자리에서 일어났다.

약왕전 근처에서 자신의 모습은 최대한 보이지 않는 것이 낫다.

설무린은 그대로 한 마리 말의 고삐를 잡았다.

그의 몸이 마치 비조(飛鳥)처럼 허공을 솟구치더니 말 등 위에 올라탔다.

설무린은 말 등에 올라타 옆을 힐끔 바라봤다. 여전히 말 곁에 가만히 서 있는 북설을 본 설무린이 슬쩍 미소를 지으며 입을 열었다.

"가자."

第二章

금룡무관(金龍武館)

보름이라는 시간을 가지게 된 설무린과 북설이 향한 곳은 다름 아닌 강서성 남창(南昌)이었다.

남창은 예로부터 비옥한 토지 덕분에 쌀을 비롯한 수많은 곡물을 생산지였고, 또한 수많은 자연자원이 매장되어 있는 곳이기도 하다.

많은 명승고적(名勝古蹟) 덕분에 수많은 방랑객들의 발도 끊이지 않는 이곳에 둘이 온 것은 비단 남창을 구경하기 위해서가 아니었다.

남창은 강서성 중에서 가장 많은 볼거리가 있을지는 모르나 설무린과 북설이 지금 그렇게 한가하게 시간을 보낼 입장은 아니었다.

남창 주변에 도달했을 때부터 점점 많아지던 인파는 급기야 성 안으로 들어서자 그 숫자를 헤아릴 수 없을 정도였다.

북새통을 이룬 사람들의 틈바구니 속에 서 있던 설무린의 얼굴에는 귀찮은 기색이 역력했다.

약왕전이 있는 옥화산에서 이곳 남창까지는 멀다면 멀고, 가깝다고 한다면 가까운 거리다.

그렇지만 제법 시간이 촉박한 탓에 며칠을 쉬지 않고 움직인 차다.

편히 쉴 생각을 하고 있던 설무린으로서는 발에 채일 듯이 많은 인파들이 맘에 들 턱이 없다.

설무린은 짜증 섞인 표정으로 주변을 두리번거리며 객잔을 찾았다.

남창이 워낙 큰 도시였기에 객잔을 찾는 것은 결코 어렵지 않았다.

근방에 있는 객잔 중에 외관이 괜찮아 보이는 곳으로 정한 설무린과 북설이 안으로 들어섰다.

"어서 옵셔!"

사람들이 제법 있는 데도 불구하고 점소이가 신바람나는 어투로 둘을 맞았다. 싹싹해 보이는 외모를 지닌 점소이가 둘 앞에 와서 섰다.

열대여섯 살로 보이지만 점소이 일에 능숙해 보였다.

점소이가 입을 열었다.

"식사만 하시고 가실 건지, 아니면 잠도 주무시고 가실 건지요?"

"우선은 자고 갈 생각이긴 한데…… 조금 높은 층의 방이 있느냐?"

"물론이죠! 그나저나 관광이라도 오셨나 보군요?"

"관광이라…….

관광이라는 말에 슬며시 낮은 웃음을 흘리던 설무린이 이내 웃음을 거두었다. 그리고는 점소이와 눈을 맞추며 오히려 고개를 끄덕였다.

"강서성에 왔으니 남창을 둘러보는 것은 당연한 일이지."

"물론이죠! 강서성에 남창만 한 곳이 없지요. 아, 그럼 자리로 모실게요."

점소이가 말이 길어졌다고 생각했는지 급히 창가 쪽으로 둘을 안내했다.

그리고는 옆에 서서 음식을 주문하기를 기다렸다.

자리에 앉은 설무린은 옆에 서 있는 점소이에게 물었다.

"이곳이 잘하는 음식이 뭐가 있느냐?"

"두사포자(豆沙包子)에 당초육(糖醋肉)이면 어떠실까요? 술도 곁들이셔도 좋고요."

"그럼 그걸로 부탁하지. 그리고 술은 죽엽청으로."

"예, 알겠습니다요!"

인사를 꾸벅하고는 점소이는 주방으로 사라졌다. 제법 유쾌하게 행동하는 점소이 덕분에 한결 기분이 나아진 설무린은 손가락으로 가볍게 탁자를 두드렸다.

손가락으로 탁자를 두드리는 와중에도 설무린의 눈이 주변을 한번 훑었다.

워낙 큰 도시인 탓인지 객잔에는 무인들의 숫자도 몇 정도 보였다. 하지만 개중에 그리 빼어나 보이는 무인의 모습은 보이지 않았다.

잠시 무인들을 살폈던 설무린의 시선이 주방에서 나온 점소이 소년에게로 향했다. 바지런히 움직이며 이래저래 들어오는 손님들이나, 식사를 하는 손님들과 대화를 나누는 모습이 눈에 들어왔다.

설무린이 고개를 숙이며 피식 웃음을 흘렸다.

'잘 찾아왔군.'

이래저래 마을에 대해 알아보기 위해 수족처럼 사용할 만한 누군가를 찾던 차였다. 찾아온 객잔에 있는 점소이 소년이 제법 발이 넓어 보였다.

거기다가 오랜 시간 이곳에서 지낸 아이라면 다소 수상한 행동을 해도 의심받을 확률이 극히 적어지게 된다.

다시금 약왕전에 돌아가야 할 것도 생각해야 하니 이곳 남창에서 보낼 수 있는 시간은 길어야 오 일 안팎이다.

그 안에 이곳 남창까지 온 목적을 어떻게 해서든 달성해야만 한다.

설무린이 점소이 소년을 응시하며 앞에 앉아 있던 북설에게 나지막이 말을 꺼냈다.

"저 녀석, 괜찮을 것 같은데…… 네 생각은?"

"저 또한 그렇습니다."

"좋아."

북설 또한 그리 대답하자 설무린은 마음을 굳혔다. 그리고 그는 점소이가 자신에게 다가올 때까지 기다렸다. 설무린이 기다리던 때는 얼마 되지 않아 찾아왔다.

주문했던 음식을 들고 점소이가 다가온 것이다.

양손에 가득 들고 있던 음식을 탁자에 내려놓은 점소이가 고개를 꾸벅하고 물러나려고 할 때였다.

"잠깐만."

북설이 입을 열어 자신을 부르자 점소이 소년이 고개를 돌려 그녀를 바라봤다.

아직 사내라고 부르기에는 조금 어린 소년임에도 북설의 미모 때문인지 점소이는 살짝 얼굴이 붉어졌다.

점소이 소년이 멈추어 서자 북설이 조용한 목소리로 말했다.

"부탁할 게 있어서 그러는데…… 시간이 되는 대로 방으로 와주었으면 하는데 괜찮겠니?"

“그리 어렵지 않은 부탁이네요. 사람들이 좀 한적해지면
바로 찾아갈게요, 누나.”

히쭉 웃으면서 점소이 소년이 북설에게 대꾸했다. 누나라
는 호칭이 익숙하지 않은지 북설은 다소 어색한 표정을 짓다
가 이내 살짝 미소를 지었다.

“고마워.”

“히히. 뭘요.”

점소이는 뒷머리를 긁적이다가 짐짓 놀라는 시늉을 하며
뒤를 바라봤다.

“이크! 주인 아저씨께 혼나겠어요. 그럼 이따가 찾아뵐게
요.”

소년이 허둥지둥 들어오는 손님들을 향해 다가갔다.

방은 제법 안락했다.

크기도 제법 컸지만, 물건의 배치 같은 소소한 부분에서도
이래저래 신경 쓴 기색이 역력했다.

외관뿐만이 아니라 내관 또한 제법 그럴싸하게 꾸며놓은
객잔이었다.

설무린은 조용히 창문을 열어 젖혔다.

차가운 바람이 기다렸다는 듯이 열린 문을 통해 확 하니 몰
려들어 와 설무린의 폐부를 훑고 지나갔다.

창문을 열어젖힌 설무린의 눈동자가 어느 한곳을 향해 쏘

아졌다.

‘저곳이로군.’

거리가 제법 떨어져 있기는 하지만 워낙 객잔의 층수가 높기도 했고, 설무린이 찾고자 하는 곳의 크기가 커 한눈에 알아볼 수 있었다.

설무린의 눈동자가 차갑게 변했다.

설무린의 눈이 향하는 곳은 바로 강서성에서 알려진 금룡무관(金龍武館)이라는 곳이다.

전 중원을 비중으로 볼 때는 손으로 꼽힐 정도는 아니지만 이곳 강서성에서만큼은 제일(第一)의 무관(武館)으로 불린다. 그리고 중원에서 또한 결코 적지 않은 비중을 지닌 곳이기도 하다.

정사(正邪) 중 확연한 정파 쪽의 성질을 지닌 곳으로 명성이 자자하다.

그런데…….

‘정파의 허울을 쓰고 구린내를 풀풀 풍기고 다녔다, 이거로군.’

약왕전에 가는 도중 받았던 야율초재의 서신에 바로 이곳 금룡무관에 대한 이야기가 적혀 있었다.

처음 무림에 나와 설무린이 조사를 했던 곳이 바로 소요문. 그리고 그 소요문과 이곳 금룡무관이 뭔가 은밀한 만남을 계속해 오고 있다는 내용이었다.

물론 소요문과 연이 있다고 해서 무조건 의심하는 것은 아니다.

소요문 또한 작지 않은 문파.

사방으로 수많은 곳들과 연이 있는 것은 당연하다. 하지만 야율초재가 그 정도 것들을 생각하지 않고 이같이 서찰을 보냈을 리가 없다.

야율초재가 이러한 서찰을 보냈다는 것은 곧 금룡무관을 의심하고 있기 때문이다.

마침 약왕전과 이곳 금룡무관이 멀지 않았기에 서찰을 받자마자 설무린은 망설이지 않고 이곳 남창으로 발걸음을 돌렸던 것이다.

"북설."

"예, 하명하시지요."

창가에 서 있는 설무린에게 다가온 북설이 고개를 숙이며 대답했다.

한참을 아무런 말도 없이 창밖을 바라보던 설무린이 이내 고개를 돌렸다.

"저곳이 바로 금룡무관인 것 같아. 그리고 운이 좋다면…… 저곳에 단서를 찾을 만한 것이 있을지도 모르지."

북설은 아무런 대답도 없이 옆에서 묵묵히 이야기를 들었다.

설무린이 북해빙궁에서 나온 이유도 알고, 어떠한 것을 찾고 있는지도 북설은 잘 알고 있다. 그리고 그것이 설무린에게 얼마나 절실한지도.

설무린이 잠시 망설이다가 이내 북설에게 말했다.

"다소 어려운 부탁이기는 하지만…… 오늘부터 넌 금룡무관의 주인을 감시해 줬으면 한다."

"그리하지요."

북설은 망설임없이 고개를 끄덕였다.

결코 쉬운 일이 아니다.

북설의 잠행술(潛行術)이 무척이나 빼어나기는 하다지만, 금룡무관의 주인을 감시하기 위해서는 호랑이 굴이 될 수도 있는 금룡무관에 직접 들어가야 한다.

그리고 그 정도 되는 곳이라면 고수들 또한 적지 않을 터.

그러한 곳에서 북설은 한참을 몸을 감추고 있어야 한다는 소리다.

며칠 동안 식사도 하지 못할 게다. 미동도 않고 석상(石像)처럼 뻣뻣하게 굳어 있어야 할지도 모른다.

혹여 숨어 있다가 발각이라도 된다면…….

목숨이 걸린 일이다. 그런데도 불구하고 아무렇지 않게 명을 따르겠다는 북설을 바라보는 설무린의 표정이 한결 가벼워졌다.

"후후, 네 덕분에 한결 부담이 덜하군."

처음 북설이 그림자무사가 되겠다고 찾아왔을 때는 무척

이나 난처했다.

북설의 실력도 믿지 못했고, 신세를 졌던 북해의 딸인 그녀를 위험에 처하게 하고 싶지도 않았다.

그랬거늘, 지금은 유일하게 설무린의 옆을 지키는 사람이 되지 않았는가.

처음 나타나 북설이 했던 말처럼 그녀는 설무린의 그림자가 되어 있었다.

설무린이 품 안에 있는 조그마한 통 하나와 지도를 꺼내서 북설을 향해 슬쩍 집어 던졌다. 설무린이 던진 것들을 받아 든 북설이 이게 무엇이냐는 듯한 표정으로 그를 바라봤다.

설무린은 고개를 돌린 채로 말했다.

"하나는 지도고 다른 건 호신용으로 준 거다. 혹시 무슨 일이 생긴다면 통 옆에 달린 줄을 잡아당겨. 그럼 내가 구하러 가지."

"아닙니다. 굳이 그러실 건……."

"말하면 그냥 들어. 가지고 있도록 해."

"…그렇게 하겠습니다."

북설이 고개를 끄덕이며 설무린이 건네준 주먹 정도 크기의 통을 품에 갈무리했다.

그렇게 둘의 대화가 끝나갈 무렵.

똑똑.

"들어가도 돼요?"

문 건너에서 다소 어리면서도 쾌활한 목소리가 흘러들어
왔다. 목소리의 주인공을 아는지라 설무린은 망설이지 않고
대답했다.

"괜찮다."

삐걱.

나무로 된 문이 조심스럽게 열리며 점소이가 빼꼼히 고개
를 들이밀었다. 그리고는 창가에 서 있는 둘을 보며 히죽 웃
음을 흘렸다.

"히히. 좀 늦었죠? 손님이 많아서요."

아래에서 봤을 때보다 더욱 밝은 모습이었다.

점소이는 슬쩍 눈치를 살피다가 탁자를 가리키며 조심스
레 말했다.

"하루 종일 서 있어서 그런데 앉아도 될까요?"

"물론."

설무린은 탁자에 다가가 털썩 앉는 점소이의 뒷모습을 살
폈다.

'무공을 익힌 흔적은 전혀 없군.'

점소이는 자리에 앉은 후 두리번거리다 설무린과 눈이 마
주치자 씩 웃은 후 입을 열었다.

"부탁할 게 뭐예요? 어려운 것 아니고 돈 드는 것만 아니면
되는 만큼 도와드릴게요."

"뭐, 그리 어려운 건 아니고 몇 가지 좀 묻고 싶은 게 있어

서 말이야."

설무린이 천천히 다가가 소년의 맞은편에 가서 앉았다.

슬쩍 고개를 점소이 소년에게로 들이민 설무린이 입을 열었다.

"이 마을 출생이냐?"

"예, 저희 할아버지 때부터 남창에서 뿌리를 박으셨죠. 그래서 저도 이곳 토박이에요. 남창 외에는 나가본 적도 없고요."

나이는 많지 않지만 그 정도에 객잔 점소이로 있을 정도라면 제법 마을에 대해 많은 것을 알 터.

설무린이 고개를 끄덕이고는 시치미를 뚝 뗀 채로 궁금하다는 듯이 물었다.

"이곳에서 보니까 제법 큰 도장이 있는 것 같던데……."

"아! 금룡무관이요?"

"음, 그랬던가?"

알면서 짐짓 모르는 척 설무린이 고개를 갸웃거렸다.

그러자 점소이 소년이 고개를 크게 끄덕이면서 말을 이어나갔다.

"이 근방에서 크다고 할 만한 도장은 그곳밖에 없는걸요. 남창에서뿐만이 아니라 이 근방에서 가장 큰 도장이라고 들었어요. 매년 배출하는 무인들의 숫자도 수백이라던데요?"

"호오. 제법 커 보이기는 했는데 대단한 도장이었던 모양이군. 금룡무관의 주인이 제법 강한 자인 모양이지?"

"물론이죠! 창천뇌검(創天雷劍) 위공탁이라고 무림에서도 알려진 분이에요. 무공뿐만이 아니라 다방면으로 재능이 많아 관주가 되신 지 십몇 년 만에 두 배 이상의 성세를 이루게 되었다니까요. 그래서 향간에는 금룡무관 역사상 최고의 관주라는 이야기까지 있을 정도예요."

점소이 소년은 쉬지 않고 말을 쏟아냈다.

그리고 설무린은 금룡무관에 대해서 하나도 빠뜨리지 않으려는 듯이 귀를 기울였다.

점소이가 알고 있는 것이야 별반 특이할 것도 없지만, 그것만으로도 금룡무관에 대한 이곳 남창 사람들의 생각은 알 수 있었다.

거기다가 귀동냥으로 제법 주워들은 듯한 소문까지 점소이 소년의 입에서 흘러나왔다.

금룡무관뿐만이 아니라 소년은 남창에 대해 이런저런 이야기들을 모두 해댔다.

점소이 소년이 말을 쏟아내던 중 몇 번 귀를 세웠던 설무린은 이 정도면 됐다고 생각했는지 고개를 끄덕이며 말했다.

"남창에 처음이라 이래저래 모르는 것 투성이였는데 덕분에 이곳이 낯설지 않게 되었구나. 고맙다."

"히히, 뭘요."

별일 아니라는 듯이 뒷머리를 긁적거린 점소이는 얼마 지나지 않아 졸려운 듯 방에서 빠져나갔다.

점소이가 나가자 만면에 미소를 짓고 있던 설무린의 표정이 확 하니 바뀌었다. 그가 나지막이 북설의 이름을 불렀다.

"북설."

"예, 소궁주님."

"부탁한다. 나도 지금부터 해야 될 일이 있을 것 같군."

"알겠습니다."

북설이 고개를 끄덕인 후 검을 등 뒤로 둘러메고는 창문틀에 올라섰다. 그녀가 막 창문 밖으로 몸을 던지려다 멈칫하고는 뒤를 돌아봤다.

북설의 뒷모습을 바라보던 설무린이 의아스럽게 그녀를 바라봤다.

북설이 조심스럽게 입을 열었다.

"몸조심하십시오."

"큭! 누가 누구에게 할 소리를……."

설무린이 웃음을 터뜨리며 북설을 바라봤다. 잠시 서로의 눈이 허공에서 부딪쳤다. 그러다가 내심 자신의 행동이 부끄러웠던 북설이 붉어진 얼굴을 감추기 위해 급히 창밖으로 몸을 날렸다.

휘익!

비조처럼 허공으로 솟구쳐 오른 북설의 몸이 남창의 깊은 어둠에 묻혀 사라졌다.

북설은 설무린이 명한 대로 금룡무관에 잠입할 게다.

그리고 그녀는 단 한숨도 자지 않으며 금룡무관의 관주인 창천뇌검 위공탁이라는 작자를 감시할 것이다.

그토록 신중한 야율초재가 확신 어린 서찰을 보낸 이상 구할 이상은 그것이 답이라 설무린은 굳게 믿었다. 그렇다면 금룡무관의 관주인 위공탁이라는 작자는 북해빙궁을 뒤집으려는 자들과 어떻게든 관계가 있다는 소리다.

고수일 게다.

아마도 알려진 것보다 더욱 빼어난 고수일 공산이 크다.

하지만 북설이라면…….

설무린은 북설을 믿는다.

비록 어리다고는 하지만 그녀의 능력은 결코 모자라지 않다. 북설은 북해의 여식, 북해의 피를 이었고 그가 인정하며 내보냈다.

오랜 시간을 북해는 완벽하게 설군표의 그림자로 살았다. 그리고 북설 또한 그러한 아버지의 재능을 이었다.

북설은 설무린이 명한 부탁을 잘 수행할 수 있을 게다.

어릴 적 치기 어리게 들어섰던 북해동. 하지만 그곳에서 설무린은 정말로 많은 것을 얻었다. 다시없을 스승인 북해를 만났었고, 그의 딸인 북설을 만났다.

목숨을 맡기고 믿을 만한 사람을 만난다는 건 결코 쉬운 일이 아니다.

‘후후, 운이 좋았어. 북해, 북설…… 나에겐 과분하지.’

지금은 그 둘에게 무엇인가 보답해 줄 수 있는 상황이 아니지만 다시금 북해로 돌아가는 그날 설무린은 북해빙궁에 많은 바람을 불게 할 게다.

잠시 서 있던 설무린이 이내 시간이 되었다고 생각했는지 빙마몽환검을 어루만지다 창밖으로 뛰어내렸다.

사람이 없는 곳에 착지한 설무린이 조용히 주변을 둘러봤다.

워낙 큰 도시인 탓에 밤이 깊어져 가고 있음에도 불구하고 여전히 사람들이 가득하다.

‘슬슬 나도 가볼까.’

북설과는 다른 방향으로 설무린은 금룡무관에 대해 조사해 볼 생각인 것이다. 설무린은 조용히 인파 속에 파묻히며 모습을 감췄다.

터벅터벅.

사람들 속에서 설무린은 말없이 걸었다. 주변에 꽤나 많은 사람들이 시끌벅적하게 떠들고 있었지만 설무린의 관심 밖이다. 그럼에도 불구하고 설무린은 계속해서 사람 많고 분주한 곳만 찾아서 걸었다.

심지어는 종종 왔던 길을 되돌아가기도 했다.

이상한 행동이었지만 그것은 전부 이유가 있어서였다. 설무린은 기다리고 있는 사람이 있었다. 그것은 다름 아닌 배수(소매치기)였다.

물론 단지 배수만을 만나려고 이러는 것이 아니다. 설무린이 배수를 만나려고 하는 건 다름 아닌 그들의 뒤에 있을 단체 때문이다.

바로 하오문(下午門)이다.

하오문은 소매치기, 도둑질, 매춘과도 같은 일에 종사하는 자들이 자신들의 몸을 지키기 위해 만든 문파다.

하류인생이라고 불리는 이들이 모여 만든 문파이지만 하오문은 개방에 필적하는 정보력을 지녔다고 해도 과언이 아니다. 그랬기 때문에 정파나 사파 어느 쪽에도 속해 있지 않음에도 불구하고 어느 쪽도 쉽사리 건드리지 못했다.

더군다나 이곳 남창에는 하오문의 지부가 있다. 강서성의 모든 정보는 물론이거니와 근방에서 벌어지는 모든 일들을 알 수 있다.

물론 그러기 위해서는 적지 않은 대가를 치러야겠지만 말이다.

일부러 사람 많은 곳만 돌아다니며 때를 기다리던 설무린의 감각이 미묘하게 꿈틀거렸다.

'걸렸어!'

누군가의 시선이 연신 자신을 쫓고 있다.

상대는 적당한 거리를 둔 채로 설무린의 뒤를 계속해서 따라오고 있었다. 하지만 잔뼈가 굵은 자인지 섣부르게 다가오지 않고 계속해서 기회를 살폈다.

비록 설무린의 행색이 제법 돈이 있어 보인다고는 했지만 검을 차고 있기 때문이다.

실수로 무인 하나 잘못 건드렸다가 손이 부러지는 일은 다반사요, 정말 운이 없다면 목숨도 잃을 수 있기 때문이다. 그랬기에 배수로 보이는 자는 신중하게 설무린을 관찰하고 있는 것이다.

아마도 털어도 될 것 같다는 확신이 서기 전까지 배수는 결코 움직이지 않으리라.

'좋아, 그렇다면……'

상대가 눈치를 보며 망설이고 있다.

잠시 기회를 엿보고 있기는 하지만 결국 그 시간은 길지 않을 것이다. 아니다 싶으면 포기하고 그대로 멀어질 수도 있다는 소리다.

그전에 배수가 방심하게 만들어야 한다.

설무린은 놀란 표정을 지으며 주변을 두리번거리기 시작했다. 그리고 지나가는 사람들과 실수인 듯이 부딪치고는 급히 사과를 하는 등 어수룩한 행동을 보였다.

그런 행동이 배수의 마음에 불을 붙였는지 점점 눈치만 보며 쫓아오던 그자가 거리를 좁히기 시작했다.

자신감이 생긴 게다.

가까이 점점 거리를 좁혀오던 배수는 어수룩한 설무린의

행동에 아예 마음을 정했는지 옆으로 다가왔다.

그리고는.

스윽.

마치 자신의 주머니인 것마냥 빠르게 배수의 손이 설무린의 옷 속에 들어왔다.

전광석화(電光石火)라는 말로밖에 표현할 수 없을 정도로 민첩한 손놀림이었다.

익숙하고 빠르게 들어왔던 손이 설무린의 품 안에 있는 돈 주머니를 움켜쥐고 빠져나가려는 순간,

"……!"

명치에 닿아 있는 날카로운 수도에 배수의 안색이 창백하게 변하는 것과 동시에 손도 멈추어 버렸다.

배수는 놀랐지만 급히 정신을 추슬렀다.

'이런 젠장! 내가 속았군!'

알아차리기는 했지만 이미 후회해도 너무 늦은 상황이다.

설무린이 옆에 서 있는 배수의 귓가로 슬며시 고개를 들이밀며 작게 말했다.

"조용히 따라오는 게 좋을 거야."

어수룩하게 주변을 두리번거리던 설무린의 표정이 확 하니 변해 있었다. 아무렇지 않다는 듯이 웃는 그의 모습에 배수 사내가 식은땀을 흘렸다.

배수는 서른이 갓 넘은 모습이었지만 제법 잔뼈가 굵은 자

였다. 이 생활에 도가 튼 그이기에 상황을 알아차리는 것도 빨랐다.

배수가 고개를 끄덕이자 설무린이 조용히 그의 뒤에 가서 서더니 골목을 향해 고갯짓을 했다. 명치에 닿아 있던 수도는 사라졌지만 배수의 긴장은 풀리지 않았다.

등 뒤에 있는 설무린 때문이다.

배수는 반항을 할 기회도 잡지 못한 채로 바로 옆에 있는 조그마한 골목으로 앞장서서 걸어야만 했다.

골목에 들어서면서 배수의 머리는 바삐 움직였다.

단순히 자신이 소매치기를 하는 걸 알아차린 것뿐이라면 이렇게 골목으로 굳이 데리고 올 필요도 없다. 대로에서 당장 두드려 팼어야 정상이다.

그리고 갑작스럽게 변한 행색을 보아하니 처음부터 배수를 끌어들일 속셈이었다는 것을 그는 알아차렸다.

차라리 그 자리에서 바로 두드려 맞았으면 마음은 편했을 게다.

하지만 지금은 그렇지가 않다. 무엇인가 배수에게서 얻을 것이 있기에 기다렸다는 소리인데 그것은 곧 위험한 일과 관련될 수도 있기 때문이다.

최악의 경우…… 목숨을 잃을 수도 있다.

배수의 등 뒤에 바짝 붙어 있던 설무린이 떨어지며 그의 상념도 끝났다.

배수가 급히 뒤로 몸을 돌려 설무린을 노려봤다.

죽을지도 모른다는 것을 알면서도 두 눈은 독기에 가득 찼다. 밑바닥 인생을 살아오며 언젠가는 죽을 거라 생각해 왔다. 그것이 오늘일지는 모르지만 마음을 독하게 먹은 게다.

배수가 낮게 으르렁거렸다.

"네놈… 애초부터 날 끌어들일 생각이었지?"

"맞았어. 계속 주위를 맴돌기만 하고 오지를 않기에 조금 연기를 했지."

"뭘 원하는지는 모르겠지만 쉽지는 않을 것이다. 퉤!"

거칠게 침을 뱉은 배수가 품에서 짧은 단검 하나를 꺼내어 들었다.

어른 손바닥만 한 크기의 단검은 휴대하기 꽤나 용이했기에 위험한 일을 하는 배수들은 꼭 몸에 지니고 다녔다.

비록 단검을 꺼내기는 했지만 배수 또한 승산이 있다고 생각하는 건 아니었다.

자신도 모르게 이미 명치에 와 닿아 있던 수도.

고수라는 걸 단번에 알아차렸다. 하지만 그렇다고 해서 순순히 당해줄 수도 없는 노릇 아니던가.

그렇게 독기에 가득찬 배수를 향해 설무린이 말을 던졌다.

"너 하오문도지?"

"……."

"대답 안 해도 알아. 제법 잔뼈가 굵어 보이는데 그 정도인

자가 하오문에 가입 안 되어 있을 리가 없지.”

“…….”

배수는 여전히 단검을 강하게 움켜쥔 채로 대꾸조차 하지 않았다. 하지만 굳이 상대가 말을 하지 않아도 알 수 있는 일도 있는 게다.

“하오문 강서 지부장을 만나려고 하는데?”

“…웃기는군. 아무나 쉽게 만날 수 있는 분이 아니다.”

배수가 처음으로 입을 열며 비웃음을 쏟아냈다. 하지만 그러한 도발에도 설무린은 미소를 지으며 대꾸했다.

“네가 가서 물어봐. 북해빙궁의 소궁주라면 만날 자격이 되는지.”

설무린의 말이 떨어지자 비웃고 있던 배수의 표정이 싹 하고 바뀌었다.

그의 입술이 벌벌 떨리기 시작했다.

정말 사실이라면 그것은 배수 하나가 감당할 정도의 일이 아니다.

놀란 배수가 떨리는 목소리로 입을 열었다.

“다, 당신이 북해빙궁의 소궁주라고?”

“하오문의 강서 지부장 정도라면 내가 이곳 남창에 온 걸 알고 있을 테니까 가서 물어. 여기서 기다리고 있을 테니까 찾아오라고.”

“굳이 그러실 필요는 없을 것 같습니다.”

갑작스럽게 골목 바깥쪽에서 들려온 목소리에 설무린이 고개를 돌렸다. 큰길에 지나다니던 누군가가 골목 안으로 걸어 들어왔다.

설무린의 표정이 묘하게 변했다.

갓 마흔 정도 되어 보이는 사내는 어디서나 볼 수 있을 법한 순박한 인상의 인물이었다.

평범한 행색, 하지만 설무린은 상대의 정체를 단번에 알아차렸다.

"강서 지부장?"

"그렇습니다. 제가 바로 하오문 강서 지부를 맡고 있는 승천각(昇天脚) 염자량(廉子良)이라고 합니다."

염자량이라고 자신의 이름을 밝힌 하오문의 강서 지부장이 포권을 취하며 예를 보였다. 나이는 비록 염자량이 열 살 이상은 많지만 북해빙궁의 소궁주라는 직위는 무시할 수 없을 정도로 크다.

설무린이 입꼬리를 비틀며 감탄했다는 듯이 탄성을 쏟아냈다.

"대단하군요. 누군가가 절 쫓은 것은 아닐 터인데……."

"물론입니다. 이곳 하오문 강서 지부에서 들키지 않고 소궁주님의 뒤를 쫓을 사람은 단 하나도 없지요."

"그런데 용케도 제가 있는 곳에 나타나셨군요."

"아시다시피 저희 하오문의 눈과 귀는 사방에 있는지라."

하오문은 하류인생들이 모여 만든 문파인 만큼 변변한 무공을 지닌 이들은 그리 많지 않다.

그런 그들이 어찌 설무린에게 들키지 않고 뒤를 잡을 수 있겠는가.

"이곳 남창에 오셨다는 말을 듣고 반 각 정도 거리를 두고 주변에 있는 사람들을 캐고 캐서 움직임을 읽었지요. 소궁주님의 외모가 준수하신 덕분에 기억하는 사람들이 많았습니다."

설무린이 이곳 남창에 나타났다는 소식을 듣자마자 염자량은 직접 나섰다.

지부장이라는 직위에 있는 그이지만 북해빙궁의 소궁주라면 염자량을 움직이게 하기 충분했다. 비록 강서성을 담당하는 지부장의 위치이지만 염자량은 설무린에게 단 한 번도 가까이 다가가지 않았다.

그가 말한 대로 반 각 정도의 시간을 두고 그 뒤를 따라 움직인 것이다.

지나가는 사람들을 통해 설무린의 움직임을 파악하면서 말이다.

그랬기에 염자량은 이곳까지 설무린을 뒤쫓을 수 있었다.

말은 쉽지만 사방으로 퍼져서 설무린의 행방을 캐내던 하오문도의 숫자만 해도 수백.

결코 쉬운 일은 아니었다.

염자량이 고개를 숙이며 말했다.

"혹 기분이 상하셨다면 사죄드립니다. 하지만 북해빙궁의 소궁주께서 갑자기 남창에 오셨다니 저희 또한 신경을 쓰지 않을 수가 없었습니다."

"아뇨. 오히려 시간이 절약돼서 기쁘다고 해야 할까요?"

"그리 생각해 주신다면 저야 감사할 따름이지요. 한데……소궁주께서 저희 하오문을 찾으시는 이유라도 있으신지요?"

이곳 남창은 커다란 곳이기는 하지만 북해빙궁의 소궁주가 신경 쓸 정도의 무엇인가가 있다고는 생각되지 않는다.

커다란 문파가 있는 것도 아니요, 최근 무슨 사건이 벌어진 적도 없다.

특별히 북해빙궁의 소궁주 정도 되는 자가 이토록 은밀히 하오문에게 손을 뻗을 일이 없다는 소리다.

설무린은 가볍게 주변을 둘러봤다.

좁은 골목이기는 하지만 바깥의 대로와 그리 떨어져 있지 않다.

이곳은 주변에 너무 듣는 귀가 많다. 설무린이 염자량을 향해 말했다.

"은밀히 이야기할 곳이 있으면 좋겠는데요."

"그렇습니까? 그렇다면 제가 모시지요."

염자량 또한 이곳이 중요한 대화를 나누기에는 적합하지 않다고 생각했는지 쉽사리 수긍했다.

염자량은 갑작스러운 상황에 아무런 말도 하지 않고 서 있는 배수를 향해 입을 열었다.

"네가 북해빙궁의 소궁주님을 뵌 것은 함구해야 할 것이다. 괜히 떠들면 내 용서치 않겠다. 알겠느냐?"

"예, 예, 알겠습니다."

배수는 다급히 고개를 숙였다.

이렇게 가까이서 지부장을 만나고 대화를 해본 것은 그 또한 처음이었다.

배수에게서 확답을 듣고서야 염자량이 설무린을 바라보며 살짝 미소를 지어 보였다.

"가시지요."

"알겠습니다."

나란히 선 설무린과 염자량은 골목을 벗어나 천천히 걷기 시작했다.

마치 오래전부터 알던 사이인 것마냥 입가에 미소를 건 염자량은 설무린에게 편안하게 말을 걸어왔다.

"그림보다 훨씬 잘생기셨군요. 이런 분께서 뭐가 아쉽다고 중원에 나오셔서 여인을 구하려고 하시는지……."

설무린은 태연하게 웃으며 염자량의 말을 듣고 있었지만 속은 달랐다.

지금 염자량은 설무린의 속내를 떠보려고 하는 것이다.

북해빙궁의 소궁주가 배필감을 구하기 위해 중원에 나왔

다는 것은 무림에 조금이라도 관심이 있는 자들이라면 알 정도로 퍼져 버린 소문이다.

염자량은 그 속내에 다른 무엇인가가 있나 은근슬쩍 떠보려는 것이다.

'쉽게 넘어갈 바보는 아니라서 말이오.'

하지만 설무린 또한 만만한 사내가 아니다. 오히려 속에서 터져 나오는 웃음을 감추고 아무렇지 않게 염자량의 질문에 대꾸했다.

"북해의 여인들은 워낙 드세서 말입니다. 중원 구경도 할 겸 겸사겸사 나왔습니다. 소문대로 중원에는 대단한 미녀들이 많더군요."

"그렇습니까? 하지만 소궁주님의 배필 정도 되려면 보통의 여인으로는 안 될 것 같습니다. 혹 생각해 두신 분이라도……."

"후후! 글쎄요. 아직 얼마 보지 못해서 딱히 뭐라고 드릴 말씀은 없군요."

설무린은 스리슬쩍 말을 넘겼고, 더 캐물어봤자 얻을 게 없다고 판단한 염자량 또한 이야기를 끝냈다. 대신 그는 평범한 이야깃거리로 화제를 돌려 전혀 어색함이 없이 이야기를 이끌었다.

하오문은 밑바닥 인생들이 모인 문파. 그들은 눈치와 이런저런 잡술로 생을 연명하는 자들이다. 개중 염자량은 강서성을 맡고 있는 지부장.

그만큼 눈치나 화술이 여타 다른 이들보다 빼어났다.

그 정도의 능력이 없었다면 염자량은 결코 지부장이라는 위치에 오르지도 못했을 게다.

어딘가를 향해 걷던 염자량이 멈춘 곳은 평범한 집으로 보이는 그러한 곳이었다. 염자량이 먼저 올라서서 문을 열고는 안으로 들어가자, 설무린 또한 아무런 말도 없이 방 안으로 들어섰다.

방 안을 살펴보던 설무린이 자리에 앉으며 중얼거렸다.

"휑하군."

가정집으로 보였거늘 가구라고는 단 하나도 보이지 않는다. 자리에 앉은 설무린이 염자량에게 말했다.

"검소해도 너무 검소하게 사시는군요."

"하하! 설마 이곳이 제 집이겠습니까? 이곳은 하오문에서 손님을 받을 때나 사용하는 곳입니다."

설무린은 그랬냐는 듯이 고개를 끄덕였다.

하오문이라는 문파는 다소 비밀스러운 집단이다.

대놓고 하오문이라는 현판을 걸어두고 활동하기에는 어려움이 따른다.

그렇기에 은밀히 점조직으로 움직이는 곳이 바로 하오문이다.

하오문 강서 지부장인 염자량이 쑥스럽다는 듯이 웃었다.

“이거 손님이 오셨는데 차 한잔 대접하지 못하는군요. 멀리서 오신 귀한 손님이신데…….”

“마음만은 받았다 생각하죠.”

“그리 생각해 주신다면 저야 감사하지요. 한데…….”

염자량이 말을 끌며 설무린을 바라봤다.

둘이 담소나 나누자고 만난 것이 아니니 서둘러 본론으로 들어가 보라는 이야기다.

설무린 또한 원하던 바였기에 직접적으로 물었다.

“금룡무관에 대해서 조금 알아봐 주셨으면 합니다.”

“금룡무관 말씀이십니까?”

의외라는 듯이 염자량이 되물었다. 설무린은 고개를 끄덕이면서 말을 이어나갔다.

“매년 금룡무관에 들어갔던 아이들의 숫자. 그리고 그중 무림에 나온 이들의 수, 또 아직도 금룡무관에 머무르는 자들의 수…… 고향으로 돌아갔든 어찌 됐든 행방이 묘연해진 자들이 혹 있나 알아보려는 겁니다. 그리고 그 외에도 뭔가 수상해 보이는 점은 모두 말입니다.”

“허어.”

염자량이 짧은 탄성을 내뱉었다.

무슨 일인지 모르겠지만 냄새가 난다.

이렇게 북해빙궁의 소궁주나 되는 자가 직접 나타나서 알아보려고 하는 일이라니…….

하지만 이상하다.

금룡무관이 분명 강서성에서 알아주는 무관이라고는 하나, 결코 북해빙궁과 어떠한 연결고리도 찾을 수 없었던 것이다.

북해빙궁의 입장에서 금룡무관 정도는 참으로 우스운 세력에 불과하다.

마음만 먹는다면 반 각도 버티지 못할 정도의 힘 차이가 두 곳에는 존재한다.

그런데…….

설무린이 확답을 들으려는 듯 재촉했다.

"하오문이라면 가능하다고 생각하는데요."

"뭐, 어렵긴 하겠지만 오 일 정도라면……."

"이틀."

"아무리 그러셔도 이틀은 무리입니다."

"이틀입니다."

말과 함께 설무린은 준비해 왔던 커다란 주머니를 꺼내 염자량의 앞에 쿵 소리가 날 정도로 강하게 내려놨다.

묵직하게 금이 담겨 있는 주머니였다.

설무린이 염자량에게 고개를 슬쩍 들이밀며 말했다.

"적지 않을 겁니다. 부족하다면 북해빙궁에 연락해 더 준비해 드리도록 하지요. 이틀, 가능하시겠습니까?"

염자량이 두 눈을 크게 뜬 채로 살짝 벌려진 틈새로 보이는 금의 모습 때문이다. 이 정도 크기의 금덩이라면 그 액수 또한 어마어마할 터.

염자량이 침을 꿀꺽 삼켰다.

그가 굳게 닫았던 입을 열었다.

"…하오문의 모든 문도들을 동원해 보지요."

"고맙습니다."

그럴 줄 알았다는 듯이 편안 미소를 지어 보이던 설무린이 자리에서 일어났다.

"제가 어디 있는지는 아실 테니 이틀 후 그곳에서 뵙지요."

말과 함께 설무린은 그대로 방에서 나가 버렸다. 혼자 남은 염자량은 눈앞에 있는 주머니와 열려져 있는 문을 번갈아 바라봤다.

잠시 미동도 않던 그가 자리에서 벌떡 일어났다.

'젠장, 정말 빡세겠군.'

이틀이라는 짧은 시간 동안 알아봐야 할 것이 산더미다. 염자량의 발이 빠르게 어딘가로 향했다.

*　　　　*　　　　*

금룡무관과 객잔의 거리는 그리 멀지 않았다.

그랬기에 북설은 객잔을 벗어나기가 무섭게 금룡무관에 도착할 수 있었다.

금룡무관의 벽에 바짝 붙은 북설이 천천히 발끝을 끌었다.

신경이 주변에서 움직이는 모든 것들을 잡아냈다.

'왼쪽에 셋…….'

담장 너머의 움직임까지 모두 신경 쓰던 북설은 사람이 없는 틈을 타 금룡무관의 담을 넘었다.

주변에 지키는 무인들이 있기는 했지만 경비는 그리 강하지 않았다.

겉으로 알려진 바로 금룡무관은 그저 무인들을 양성하는 무관의 하나일 뿐이다.

그런 그들의 경계가 철저하다는 것도 우습다.

수월하게 안으로 들어선 북설은 마치 이 안의 지형을 모두 알고 있는 듯이 망설이지 않고 움직였다.

북설의 품 안에는 설무린에게서 건네받은 금룡무관 내부의 지도가 있었다.

두 번 정도 살폈을 뿐이지만 관주의 거처를 찾는 건 결코 어렵지 않았다. 금룡무관의 내부 구조가 무척이나 단순했기 때문이다.

관주의 거처까지 오는 동안 몇몇 무인들과 스쳐가기는 했지만 그들은 북설을 알아차리지 못했다.

북설에게 그들은 눈뜬장님과 매한가지였다.

북설의 은신술과 잠행술은 타의 추종을 불허했다.

아무런 위험 없이 관주의 거처에 도달한 그녀는 조용히 벽을 이용해 지붕으로 기어올랐다. 관주의 거처는 제법 높았고, 넓었다.

위로 올라간 북설이 지붕에 바짝 붙은 채로 기기 시작했다.

지붕에 바짝 귀를 가져다 댄 북설의 숨소리가 천천히 사라져 갔다.

'안에 누군가가 있어. 관주인가?'

누군가 한 명이 방 안에 있다. 하기야 시간이 시간이니만큼 관주가 잠자리에 들었을 법도 하다.

당장이라도 지붕에 틈을 만들어 안을 살피고 싶었지만 북설은 서두르지 않았다.

'천천히.'

북설은 그대로 천천히 지붕에 다시금 얼굴을 파묻었다.

심장 소리도, 숨소리도 사라진 지 오래.

물론 심장이 뛰지 않고, 숨을 쉬지 않는 것은 아니다. 그만큼 약해졌기에 그녀에게서는 인간이 낼 법한 소리가 모두 사라진 듯한 착각이 들었다.

북설은 눈을 감았다.

하지만 그것은 결코 졸음이 밀려와서가 아니다.

북설은 이 임무가 끝날 때까지는 단 한시도 잠에 들지 않을 게다.

위험한 일을 맡게 되었음에도 북설의 기분은 좋았다.

지붕과 닿아 있는 가슴 부위에서 딱딱한 통 하나가 느껴진다.

설무린이 전해주었던 호신용 신호탄이다.

북설이 기분이 좋은 이유는 바로 설무린이 자신을 진정으로 믿을 수 있는 수하라고 생각하고 있다고 느꼈기 때문이다.

'반드시 이 임무 수행하고야 말겠습니다, 소궁주님.'

애초에 지붕과 하나였던 것처럼 북설은 그렇게 동화되어 갔다.

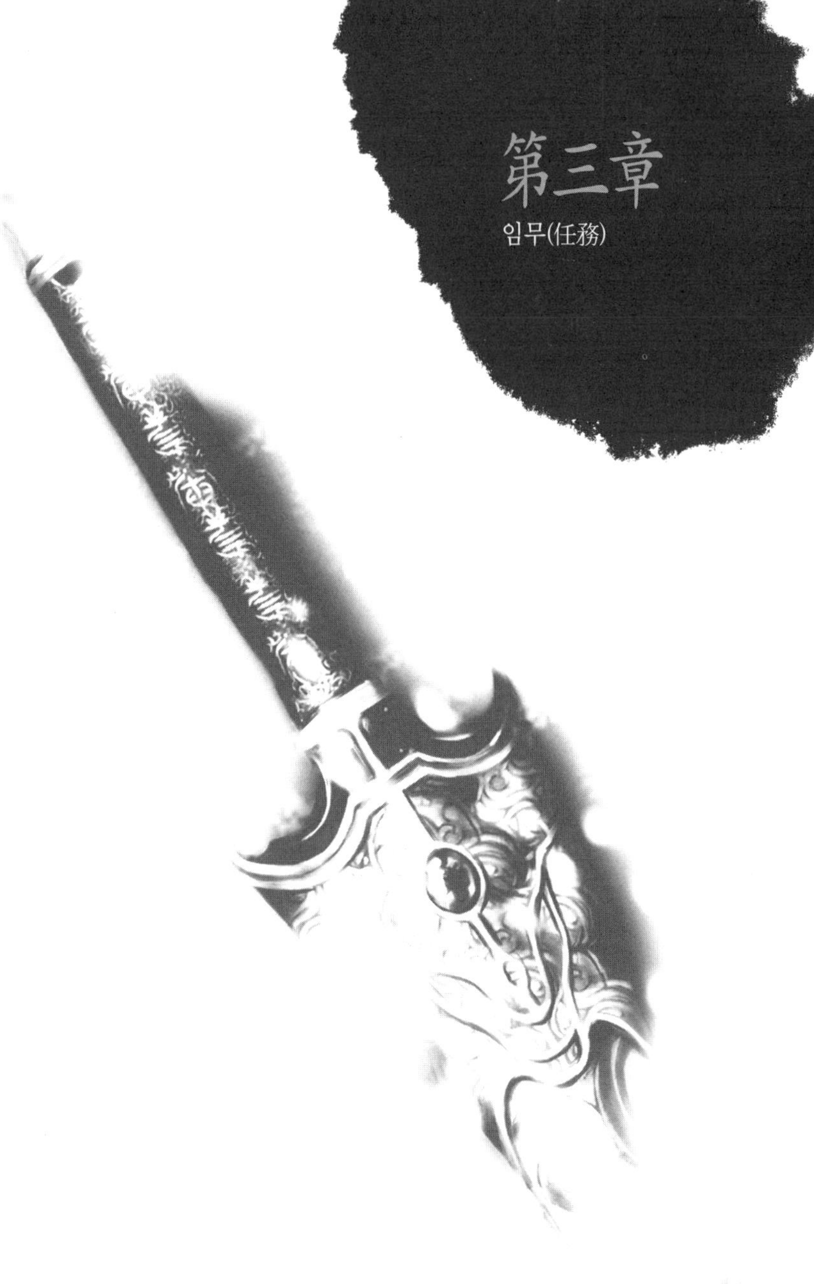

第三章
임무(任務)

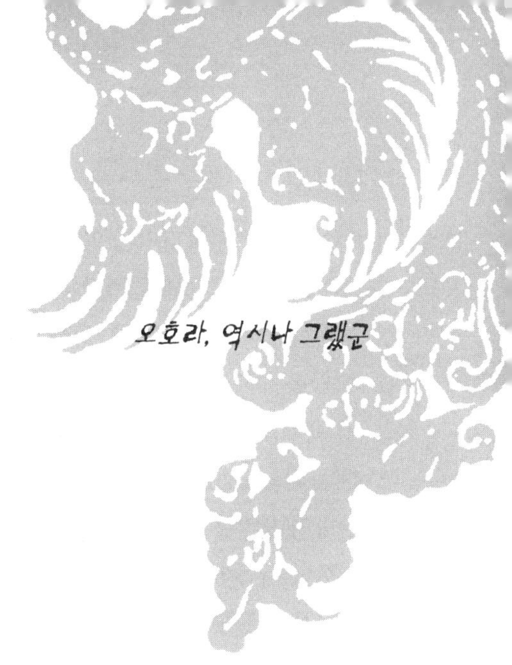

설무린은 객잔 방에 홀로 앉아 창밖을 바라보고 있었다. 설무린의 시선이 향하는 곳은 다름 아닌 금룡무관.

한데 밖을 바라보는 설무린의 표정에는 왠지 모를 걱정이 묻어 나왔다.

지금 설무린은 방에서 하오문의 연락을 기다리는 중이었다.

약속한 이틀째 오후가 되었지만 아직 소식이 없다.

그렇지만 설무린은 염자량이 꼭 올 거라는 확신이 있었다. 하오문의 정보력은 대단하다.

거기다가 약속을 한 이상 목숨을 걸고서라도 지킨다는 것도 안다.

설무린의 걱정거리는 그게 아닌 다른 것이었다.

바로 금룡무관에 들어간 북설이다.

위험해지면 신호탄을 쏘라고 했지만 북설의 성격상 그러지 않을 수도 있다는 걸 안다.

'북설의 은신술이라면 나 또한 알아내기 쉽지 않을 터. 무슨 문제라도 있겠어?'

그리 생각은 하면서도 은근히 걱정이 되는 건 어쩔 수 없는 노릇이다.

설무린은 뒷머리를 긁적거렸다.

방 안에 앉아 걱정이나 하고 있는 것은 적성에 맞지 않는다. 하오문의 일만 없었다면 이처럼 방 안에서 태평하게 있지도 않았을 게다.

"젠장! 대체 언제 오는 거야?"

그 때문인지 짜증이 절로 묻어 나오는 말투로 설무린은 신경질을 부렸다. 그렇게 초조하게 앉아서 기다린 지 얼마 지나지 않아 누군가가 방문을 두드렸다.

염자량의 방문을 기다리고 있었던 설무린이었기에 자기도 모르게 자리에서 벌떡 일어났다.

안쪽의 기척을 느꼈는지 문밖에 도착한 자의 목소리가 들렸다.

"염자량입니다."

“들어오셔도 됩니다.”

방금 전까지 초조해하고 있었던 것이 거짓말이었던 것마냥 설무린의 태도는 금세 돌변했다.

그 탓에 문을 열고 들어온 염자량은 평소의 설무린과 마주하게 됐다.

설무린에게 다가온 염자량이 입을 열었다.

“기다리실 것 같아 달려오긴 했습니다만…… 조금 늦었습니까?”

“별로. 이맘쯤 올 거라고 생각했으니까요.”

창밖으로는 해가 뉘엿뉘엿 지고 있는 상황이다. 조금 있으면 창밖은 온통 어두워질 게다.

설무린이 염자량에게 물었다.

“알아보신 건 잘됐습니까?”

“부탁하신 것과 그 외에 몇 가지를 더 알아오기는 했는데…….”

“했는데?”

“거참, 금룡무관과도 나름 연이 있었는데 파고들면 들수록 뭔가 이상한 느낌이 들더군요.”

“어떤 점이 말입니까?”

설무린이 눈동자를 빛내며 물었다.

염자량이 이리 말하는 것을 보아하니 몇 가지 수상한 점들을 알아낸 것이 분명하다.

"우선 소궁주님이 말씀하신 부분에 대해서 알려 드리지요. 아, 말로 하는 것보다 이것이 낫겠군요."

염자량은 말을 끝내며 소매 속에서 종이 한 장을 꺼냈다. 그리고는 그것을 설무린에게 건넸다. 종이를 전해 받은 설무린은 그것을 펼쳤다.

종이에는 빼곡하게 많은 글씨들이 써져 있었다.

"이건……."

"십오 년 전부터 금룡무관에 들어갔던 아이들의 숫자를 연도 별로 정리한 것입니다. 그리고 무림으로 나간 사람, 포기한 자, 아직도 금룡무관에 남아 있는 사람까지 모두 말이죠. 알아보는데 상당히 힘들었습니다."

설무린은 절로 고개를 끄덕였다.

그토록 많은 사람들의 소재를 일일이 파악하고 하는 일은 분명 쉬운 일이 아니다. 그것도 단 이틀이라는 짧은 시간 안에 말이다.

종이에 적힌 글씨들을 읽어 내려가던 설무린의 눈빛이 갑자기 변했다.

"…숫자가 맞지 않는군요."

"그렇습니다. 거짓말처럼 매년 조금씩 아이들이 마치 증발이라도 된 것처럼 사라졌습니다. 수상하게 여겨 사라진 아이들의 가족을 찾아가 봤는데 놀랍게도 그들 또한 사라졌더군요."

"가족까지 말입니까?"

"예, 완전히 감쪽같이 말입니다."

말하는 염자량의 목소리 또한 떨리고 있었다.

이것은 결코 작은 일이 아니다. 아이들의 행방은 묘연해지고, 가족들은 사라졌다. 그들의 생사여부조차 알 수 없다.

파고들면 들수록 금룡무관에 대한 수상한 점들 투성이였다.

"아실지 모르겠지만 금룡무관은 제법 크기는 했지만 강서 성제일로 불릴 정도는 아니었습니다. 그러던 것이 현재 관주인 위공탁에 이르면서 빠르게 번창해 갔지요. 그는 장사 수완도 빼어나서 많은 재물을 벌었고, 또 사람이 워낙 좋아 벗도 많습니다. 그 탓에 빠르게 무관이 급성장했는데…… 이제는 그것도 수상하다는 생각이 드는군요."

위공탁은 금룡무관의 이름을 딴 금룡표국을 만들어서 운영했고, 또 물건을 팔 수 있는 커다란 가게들도 만들었다.

그때마다 매번 뛰어난 장사수완으로 위공탁은 어마어마한 부를 축적했다.

그리고 그러한 재물은 모두 금룡무관에 쏟아 부은 덕분에 금룡무관이 하루가 다르게 성장했다고 알려져 있다.

분명 그건 사실이다.

하지만 조사하며 알아본 바로는 금룡표국이나 가게들로 감당하기에는 위공탁이 금룡무관을 위해 사용한 돈은 너무나 차이가 컸다.

뒷돈이 없다면야 그 정도의 돈을 사용한다는 건 불가능하다.

염자량이 확신에 찬 말투로 말했다.

"뒤에서 누군가가 봐주는 자가 있는 게 분명합니다. 그렇지 않고서야 그토록 많은 돈을 쏟아 부을 수는 없었을 테니까요. 거기다가 비밀리에 아이들이 자취를 감추는 것을 보아하니 뭔가 구린 것이 있기는 한데……."

구린 것이 있는 건 확신하지만 그것이 무엇인지까지 알아내는 건 무리였다.

설무린은 고개를 끄덕이면서도 종이에 적힌 숫자에서 눈을 떼지 않았다.

제법 되는 숫자의 아이들이 거짓말처럼 사라졌다.

예상대로였다.

야율초재의 의심이 정확하게 적중한 듯하다.

그때 퍼뜩 뭔가가 생각났는지 염자량이 두 손바닥을 마주치며 입을 열었다.

"아, 그리고! 한 가지 말씀드릴 것이 있습니다."

"……?"

"실종되었던 아이들 중 하나를 본 사람이 있습니다."

"그게 정말입니까? 어디가면 그 실종되었던 자를 만날 수 있지요?"

설무린은 전혀 예상치 못했던 말에 눈을 크게 치떴다. 그자를 만날 수만 있다면 혹시 중요한 단서를 구할 수도 있기 때문이다.

그렇지만 염자량이 고개를 절레절레 저었다.

"후, 안타깝게도 만날 수 없을 것 같습니다."

"왜입니까? 죽기라도 한 겁니까?"

"그것이 참으로 요상합니다. 실종되었던 친구를 만난 목격자가 그를 알아보고 급히 다가갔는데, 뭐라더라? 완전히 다른 사람처럼 변했다고 했나? 자신을 무섭게 쏘아보더니 일언반구 대꾸도 없이 무시하고 가더랍니다."

"젠장!"

설무린이 짧게 욕지거리를 내뱉더니 이내 침착한 표정을 지었다. 어찌 된 상황인지는 모르겠지만 실종된 자들은 죽지 않았을 공산이 크다는 건 알게 됐다.

그렇다면 그들은 어디에서 어떻게 지내고 있는 것인가?

온통 의문투성이다.

하오문에 의뢰하면서 금룡무관의 관주가 수상한 짓을 하고 있다는 확신은 가지게 되었지만 오히려 머릿속은 더욱 복잡해져 갔다.

뭔가 중요한 단서를 잡지 않는다면 그저 의문으로밖에 남지 않을 상황이다.

거기다 곧 약왕전으로 가야 할 입장이기에 설무린에게 주어진 시간은 얼마 남지 않았다.

설무린은 열어놓은 창을 통해 바깥을 바라봤다.

한눈에 금룡무관의 모습이 들어왔다.

'역시 답은 저곳에 있는 건가?'

바깥에서 알아낼 수 없다면 안에서 캐낼 수밖에 없는 노릇이다.

그렇게 창밖을 바라보던 설무린의 코로 낯익은 향이 흘러들어 왔다.

순간 설무린은 자리에서 벌떡 일어나고야 말았다.

놀란 그의 눈이 향하는 곳은 다름 아닌 금룡무관이었다.

'이 냄새는!'

북설에게 주었던 호신용 신호탄이 터진 것이다. 그것은 북해에서 가지고 온 것으로 보통 중원의 자들이 맡을 수 없는 향을 풍긴다.

그 향은 사방으로 몇백 리를 뒤덮는다.

설무린이 놀라는 것은 당연했다.

이 신호탄이 터졌다는 건 북설에게 무엇인가 긴박한 일이 벌어졌다는 걸 의미한다.

"급한 일이 생겨서 이만."

설무린은 염자량에게 짧은 한마디를 남기고 그대로 창문을 밟으며 허공으로 도약했다. 단숨에 몇십 장의 거리를 도약해 나가는 설무린의 뒷모습을 보며 염자량은 자신도 모르게 감탄 섞인 탄성을 내질렀다.

"허어! 역시 삼궁 중 하나인 북해빙궁의 후예라 이것인가?"

젊긴 하지만 설무린의 무예는 그 누가 봐도 절로 입이 벌어질 정도의 것이었다.

감탄을 하는 것도 잠시 염자량은 자리에서 일어났다.

무슨 일인지 모르겠지만 이런 알 수 없는 일에는 오래 얽히면 얽힐수록 손해라는 것을 오랜 밑바닥 인생을 살아오며 터득했기 때문이다.

사라진 설무린을 향해 염자량이 가볍게 목례를 취했다.

'무운을……'

단 한 호흡을 뱉어낼 때마다 설무린의 몸은 수십 장의 거리를 내달렸다. 그러한 설무린이었기에 금룡무관에 도착하는 것은 정말 찰나라고 표현할 수밖에 없을 정도로 빨랐다.

그대로 공중으로 뛰어오른 설무린은 담장을 밟고 허공으로 솟구쳐 올랐다.

지도를 가지고 있는 것은 아니지만 사전에 북설에게 건네주기 전 몇 번이나 금룡무관 내부의 모습을 머리에 박아두었다. 북설이 숨어 있을 관주의 거처 정도는 눈감고도 찾을 수 있을 정도로 머리에 남아 있다.

쉭쉭쉭!

주변의 전경이 거짓말처럼 스쳐 지나간다.

그만큼 설무린의 움직임은 거칠면서도 빨랐다.

'어디? 어디 있느냐!'

당장이라도 소리를 지르고 싶었지만 그래서는 안 된다. 마음은 다급했지만 이 와중에도 설무린은 최대한 침착함을 유지하기 위해 노력했다.

막 설무린이 관주의 거처에 도착했을 무렵 전음이 그의 머릿속으로 스며들었다.

"소궁주님, 지붕 위입니다."

고개를 치켜들었던 설무린은 익숙한 여인의 얼굴을 보며 안도의 한숨을 내쉬었다.

북설이 그곳에서 바짝 엎드린 채로 설무린을 내려다보고 있었던 것이다.

지붕 위로 빠르게 올라간 설무린이 그녀를 매섭게 쏘아보며 다그쳤다.

"다치기라도 한 줄 알고 놀랐잖느냐!"

"죄송합니다. 한시가 급한 일이고 제가 움직이기도 애매해서……."

북설의 멀쩡한 모습에 한순간에 긴장이 풀려 버린 설무린은 화낼 기력도 없다는 듯이 고개를 흔들었다. 거기다 북설이 무엇인가 중요한 단서를 잡은 걸지도 모른다는 생각에 일단 이 일은 나중에 이야기하기로 마음먹었다.

설무린이 물었다.

"좋아, 그건 나중에 이야기하지. 한데 무슨 일이냐?"

"지금 안쪽에서 기관이 움직이는 소리가 들렸습니다. 방 안에 어딘가로 갈 수 있는 비밀 통로가 있는 것 같습니다."

비밀 통로라는 말에 설무린의 눈이 빛났다.

하오문에서 알아온 정보 덕분에 의심만 깊어졌을 뿐 결정적인 증거를 찾지 못해 아쉬워하던 차다.

그러던 와중 북설이 무엇인가를 발견했으니 흥분이 되는 것은 당연했다.

"며칠 동안 관찰하면서 본 바로 위공탁은 해시(亥時)에서 자시(子時) 사이 연무장에 갑니다. 그 틈을 이용해 안으로 잠입해 보는 게 어떠신지요?"

"그렇게 하지."

설무린은 짧게 전음을 끝내고는 북설을 바라봤다. 지붕 바닥에 바짝 엎드린 채로 그녀는 여전히 아래에 온 신경을 기울이고 있는 눈치였다.

북설은 이렇게 며칠 동안이고 잠도 자지 않고, 아무런 것도 입에 대지 않은 채 버텨왔을 게다.

설무린은 잠시 안타까운 표정을 짓다가 이내 원래의 표정으로 돌아왔다. 그리고는 태연하게 전음을 날렸다.

"며칠 동안 한숨도 못 잤을 텐데 한 시진이라도 자둬."

"아닙니다. 아직 괜찮습니다."

"자둬, 지금부터는 내가 감시하고 있을 테니까."

북설의 바로 옆에 엎드려 있던 설무린이 자신을 뚫어지게 바라보자 그녀는 못 이기겠는지 고개를 끄덕였다. 그리고는 조심스럽게 지붕에 머리를 붙이고는 눈을 감았다.

졸음이 밀려오는지 북설은 머리를 대기가 무섭게 잠에 빠졌다.

설무린은 그런 북설의 얼굴을 물끄러미 바라봤다.

'이렇게 삼 일에 가까운 시간을 보냈겠군.'

북설의 고충이 보통이 아니었을 게다. 설무린은 말없이 북설을 바라보며 조심스럽게 자신이 입고 있던 겉옷을 그녀의 위로 살포시 올려놨다.

그렇게 시간이 천천히 흐르기 시작했다.

한 시진 정도가 지나자 미묘한 소리가 설무린의 귓가에 잡혔다. 그리고 그 소리 때문인지 잠시 눈을 붙였던 북설 또한 번쩍 정신을 차렸다.

둘은 서로의 얼굴을 쳐다보며 고개를 끄덕였다.

미묘할 정도로 작은 소리였지만 설무린과 북설 정도 되는 절정고수들이 놓칠 리 없었다.

북설은 가만히 귀를 기울이다가 문뜩 자신의 위에 다른 이의 옷이 덮여 있는 것을 발견했다. 그리고 그것이 설무린의 것임을 북설은 단번에 알아차렸다.

그녀는 자신도 모르게 그 옷자락을 강하게 움켜쥐었다.

자는 수하를 위해 겉옷 하나 벗어주는 것이 별게 아닐지도 모른다. 하지만 옷자락을 잡은 손으로 따뜻한 무엇인가가 전해져 온다.

북설은 지그시 눈을 감았다.

'소궁주님……'

언제나 옆에 있고 싶다.

그림자로 살아도 좋으니 설무린의 옆에 있고 싶다. 그래서 북해동을 나왔고, 이렇게 위험을 무릅쓰는 삶을 살아도 일말의 후회도 없다.

북설의 눈이 설무린의 옆얼굴을 훔쳐봤다.

심장이 두근거린다.

그녀는 급히 시선을 돌려야만 했다.

이렇게 은밀히 모습을 감추고 있는 지금, 갑작스럽게 빨리 뛰기 시작한 심장 때문이다.

북설은 다시금 평정심을 유지하기 위해 노력했다.

그때 설무린이 더욱 바짝 고개를 숙였다.

그 모습에 정신을 차린 북설 또한 마찬가지로 지붕에 다시금 얼굴을 파묻었다.

그리고 이내 문소리와 함께 누군가가 걸어나왔다.

위풍당당해 보이는 뒷모습의 사내.

다름 아닌 금룡무관의 관주이자 북설이 감시하고 있던 위공탁이라는 작자였다.

설무린이 손가락으로 그를 가리키자 북설이 고개를 끄덕였다.

둘은 위공탁이 방을 나간 후로도 잠시 동안 움직이지 않았다. 그리고 반 각 정도의 시간이 흐르자 번개처럼 방 안으로 스며들어 갔다.

방에 들어선 설무린은 급히 주변을 살폈다.

기관이 있다면 그것을 작동시키는 물건도 분명 있을 것이다.

그때 뒤따라 들어왔던 북설이 왼쪽을 가리키며 입을 열었다.

"이쪽에 있을 겁니다. 위공탁이 이쪽으로 다가온 이후에 기관 소리가 났으니까요."

설무린은 급히 왼쪽을 살피며 무엇인가 특이한 것이 있나 확인했다.

왼쪽 벽면에 걸려 있는 학이 그려져 있는 커다란 화폭(畵幅) 한 장.

그리고 책상 하나가 그곳에 있었다.

북설이 급히 다가가 책상을 뒤지기 시작했고 설무린은 화폭으로 다가갔다.

커다란 학.

설무린은 말없이 화폭을 어루만지기 시작했다.

그러던 중 설무린의 입가가 묘하게 비틀려 올라갔다.

“찾았다.”

짧은 한마디와 함께 설무린은 화폭을 한쪽으로 비틀었다.

순간.

크르롱.

자그마한 돌 밀리는 소리가 뒤쪽에서 들려왔고 북설은 급히 그쪽으로 다가가 바닥을 발로 밀었다. 그러자 놀랍게도 바닥의 일부가 옆으로 밀려났다.

북설이 설무린을 바라보며 그를 불렀다.

“소궁주님!”

“가보자.”

북설이 완전히 바닥을 밀어내자 설무린은 조용히 검을 뽑아 들었다. 그리고 북설 또한 자신의 검을 뽑은 채 먼저 안으로 걸어 들어갔다.

비밀 통로는 무척이나 밝았다.

양쪽으로 달려 있는 화섭자들은 어두운 통로를 밝게 빛나게 했다.

그렇지만 둘은 긴장을 풀지 않고 조심스럽게 한 걸음씩 걷기 시작했다.

장소가 장소이니만큼 기묘한 기관진식이 모습을 드러낼 수도 있는 상황이기 때문이다.

꽤나 길 것만 같았던 통로였지만 예상은 빗나갔다.

통로의 끝이 점점 커지는 듯싶더니 이내 커다란 공간이 눈앞에 들어왔다.

선두에 섰던 북설이 먼저 앞을 확인하더니 표정을 구겼다. 커다란 공터에 수십에 달하는 아이들이 눈이 뒤집힌 채로 쓰러져 있었기 때문이다.

개중에 대부분이 숨이 끊어졌는지 미동도 하지 않았고, 몇 명은 고통에 겨운 몸부림을 치고 있었다.

하지만 아이들은 왜인지 모르게 비명 소리 하나 토해내지 않았다.

그리고 그런 아이들 사이에서 두 명의 노인이 무엇인가를 놓고 열띤 이야기를 나누고 있었다.

"이 망할! 네놈 말대로 했다가 오히려 다 죽겠다, 이놈아!"

"허허, 이럴 리가 없는데? 위공탁 녀석이 데리고 온 이놈들이 너무 약해 빠진 게야."

"썩을 놈이 핑계는……!"

둘은 판이하게 다른 외모의 노인들이었다. 하나는 말투가 거칠고 제법 덩치가 컸고, 다른 한 명은 점잖고 고고한 학자와도 같은 외향을 지녔다.

하지만 설무린의 눈에는 그 두 노인 모두 같은 작자였다.

한눈에 봐도 아이들을 가지고 무엇인가를 실험하고 있는 모습이었다.

사라진 아이들은 모두 이렇게 사용되고 있었으리라.

제법 떨어진 거리였기에 두 노인은 아직 설무린과 북설의 존재를 알아차리지 못하고 있었다.

그때 설무린이 말없이 손가락에 내력을 집중하더니 가볍게 튕겼다.

그러자,

쉬익!

한기 가득한 지법이 두 노인의 눈 사이를 스치고 지나가 벽에 틀어박혔다.

퍽!

두 노인이 동시에 약속이라도 한 듯이 지력이 쏟아져 나온 곳으로 고개를 돌렸다.

그리고 그곳에는 설무린과 북설이 서서 둘을 바라보고 있었다.

"누구냐!"

거친 입담을 자랑하던 노인이 버럭 소리를 지르며 자신의 허리에 손을 가져다 댔다. 그곳에는 암기로 보이는 비도들이 꼽혀 있었다.

설무린은 자신에게 누구냐고 소리치는 노인을 보며 잔인한 미소를 지었다.

입을 연 설무린이 조롱을 쏟아냈다.

"노인장, 그건 내가 묻고 싶은 말이오. 대체 뭐 하는 작자들이기에 이토록 두더지처럼 숨어 음침한 짓이나 하고 있단 말이오? 혹, 변태요?"

“저, 저 육시랄 놈이! 어디서 감히……!”

화가 났는지 험상궂은 노인이 발을 동동 구를 때 옆에 있는 다른 노인이 나섰다.

“진정하게. 어차피 시신은 말이 없지 않은가. 누군지 모르겠지만…… 그런 거야 어차피 상관은 없지. 미안하지만 이곳을 본 이상 죽어줘야 되겠네.”

“미안할 것 하나 없어, 영감.”

설무린이 시정잡배마냥 손목을 가볍게 비틀고 목을 양옆으로 두어 번씩 꺾었다.

온몸에서 두둑거리는 소리를 즐기기라도 하는 것마냥 몸을 푼 설무린이 말을 이었다.

“죽는 건 내가 아니라 두 미친 영감이 될 테니까.”

말을 마치며 설무린이 다시 한 번 미소를 지었다.

그러자 인자해 보이던 노인 또한 얼굴에 핏줄이 솟구쳤다. 하지만 그는 끝까지 침착함을 놓지 않으려는 듯이 억지로 웃음을 흘렸다.

웃음 섞인 목소리로 노인이 말했다.

“허허. 그거야 보면 알 일. 편히 죽여주려 했거늘, 노부에게 자비를 바라지 말거라.”

“자비를 부려준 건 오히려 나야, 영감. 마음만 먹었다면 당신 두 영감 눈앞이 아니라 둘 중 하나의 머리를 뚫었을 수도 있었거든.”

그 공격으로 둘 중 하나는 단숨에 끝낼 수도 있었다.

하지만 설무린은 굳이 그러지 않았다.

그렇게 편안하게 보내기에는 설무린은 지금 무척이나 기분이 나빴다.

절로 입가에 잔인한 미소가 피어올랐다.

"편하게는 못 죽을 거요, 두 영감님."

뿌드득!

설무린의 조롱에 결국 화가 난 노인이 이를 갈며 옆에 세워 두었던 도를 들어 올렸다.

"어린놈이 오만방자하기 그지없구나. 오냐, 죽기 직전에 내 이름이나 듣고 가거라. 적어도 혈왕도(血王刀)에게 죽었다 하면 지옥에 가서도 부끄럽지는 않을 게야."

"이놈아, 지 이름만 소개하는 놈이 어디 있더냐! 나는 흑비일살(黑匕一殺)이다. 흐흐흐!"

옆에 있던 흑비일살이라 자신을 칭한 노인은 상대가 두려움에 떨 거라고 생각했는지 음흉한 미소를 지었다. 하지만 설무린은 전혀 표정의 변화가 없었다.

오히려 고개를 갸웃하며 그게 뭐냐는 듯한 표정을 지어 보였다.

그러한 모습에 자존심이 상한 흑비일살이 화를 버럭 냈다.

"설마 우리를 모른다 하지는 않겠지!"

"모르겠는데…… 근데 당신들하고 비슷한 노인들을 만난

적은 있었소. 뭐라고 했더라? 한 노인네는 이상한 쇠사슬이 달린 낫을 끌고 다녔고, 다른 노인은 흑포로 몸을 가리고 있었는데 말이야.”

설무린이 대수롭지 않게 내뱉은 말이 흑비일살의 표정이 갑자기 굳었다.

낫을 가지고 다니는 이는 종종 무림에서 찾을 수 있지만 쇠사슬 달린 낫을 병기로 쓰는 이는 극히 드물다.

거기다가 옆에 흑포를 입고 있는 자가 있다면 그건…….

“설마 사혈괴마와 흑풍귀를 이야기하는 건 아니겠지?”

옆에 있던 혈왕도가 혹시나 하며 물었다.

물음이 떨어지기가 무섭게 설무린이 기억났다는 듯이 크게 웃음을 터뜨렸다.

“하하! 맞아, 그 이름이었어. 까먹고 있었는데 들으니 기억나는군.”

“그런데… 그 둘을 만나고 어떻게 네가 살아 있는 것이냐?”

혈왕도의 표정이 이제는 한눈에 봐도 알 정도로 일그러졌다. 더불어 옆에 있는 흑비일살 또한 자신감 있던 표정은 사라진 지 오래였다.

사혈괴마와 흑풍귀.

직접 보고 살아남은 자가 없을 정도의 살인마들.

혈왕도와 흑비일살 또한 무림에 나선다면 엄청난 소란을

몰고 올 수 있는 자들이지만 사혈괴마와 흑풍귀에 비하면 갓 난아이와 다를 바 없다.

그랬기에 둘의 표정이 이토록 변한 것이다.

최근 들은 소식이 있기에.

"왜긴, 정말 몰라서 묻는 거요? 내가 죽지 않았으면 당연히 그쪽이 죽었겠지."

"젠장, 북해빙궁 소궁주!"

흑비일살이 비명에 가까운 소리를 내질렀다.

사혈괴마와 흑풍귀가 죽은 것은 이미 위에서부터 들어 알고 있다.

이들 또한 사혈괴마와 흑풍귀가 속해 있는 비밀단체에 함께 몸담고 있는 입장이 아니던가.

북해빙궁 소궁주에게 둘이 죽었다는 사실에 얼마나 놀랐던가.

그리고 그게 끝이 아니다.

그 둘의 복수를 하기 위해 찾아갔던 자 또한 설무린에게 패해 죽음을 맞이했다. 다름 아닌 인육마. 그가 이렇게 새파란 어린 청년에게 죽었다. 그것은 확인된 사실임에도 믿을 수 없을 정도로 커다란 사건이었다.

설무린은 자신을 보며 비명을 내지른 흑비일살에게 방금 전 혈왕도가 했던 말을 그대로 돌려줬다.

"나에게 죽으면 지옥에 가서도 부끄럽지는 않을 거요. 그렇지 않소?”

“…….”

“…….”

설무린의 조롱에도 둘 모두 침묵을 유지했다.

정체를 안 순간 설무린의 저 말이 결코 가볍게 다가오지 않았기 때문이다.

저 사내라면 능히 가능하다.

인육마를 죽인 자라면 둘이서 협공을 해도 승산은 일 할도 채 되지 못한다.

혈왕도는 마른침을 꿀꺽 삼키며 주변을 은근슬쩍 살폈다.

어딘가 퇴로가 있지 않을까 하는 생각에서였다.

하지만 그런 혈왕도의 눈빛을 알아차린 설무린이 가소롭다는 듯 말했다.

“노인장, 도망갈 생각은 버리는 게 좋을 거요.”

혈왕도는 자신의 생각이 간파당하자 살짝 이마를 찡그렸다. 그때 그런 혈왕도에게 흑비일살이 전음을 보내왔다.

“혈가야.”

“지금 같을 때 왜 전음이야!”

평소 냉정하던 혈왕도였지만 지금 같은 상황에서는 그러지 못했다.

버럭 성을 내는 혈왕도에게 흑비일살이 다시금 설무린이 알아차리지 못하도록 은밀하게 전음을 날렸다.

“저 계집, 저 계집을 이용하자.”

“계집?”

그제야 혈왕도는 설무린의 옆에 쪽에 서 있는 북설을 발견했다.

그리고 흑비일살이 한 말이 무엇인지 단번에 알아차렸다. 혈왕도의 얼굴에 갑작스럽게 화색이 돌았다.

“네가 저 북해빙궁의 애송이 놈의 공격을 몇 차례만 막아주면 된다. 그 정도는 할 수 있겠지? 그동안 내가 저 계집을 잡지.”

“에잉! 하필이면 내가 저놈의 검을 막아야 하나?”

“육시랄 놈아, 네놈보다 내가 경공이 빼어나고, 네놈이 나보다 싸움은 잘하지 않느냐. 개죽음당하고 싶어?”

그럴 리가 있겠는가.

혈왕도가 슬쩍 고개를 끄덕였다.

정면승부가 안 된다면 이 같은 방법을 사용하는 수밖에 도리가 없지 않은가.

더군다나 제법 확률도 있어 보였다.

혈왕도가 흑비일살에게 전음을 날렸다.

“몇 번 정도 막아낼 테니 꼭 잡아야 한다.”

“내 걱정 말고 네놈이나 잘해!”

서로의 눈빛으로 신호를 확인한 순간 둘이 약속이라도 한 듯이 움직였다.

"이놈!"

일부러 큰 고함을 터뜨리며 날아든 혈왕도는 설무린의 시선을 가렸다. 그리고는 거칠게 도로 설무린을 내려쳤다. 북설과 거리를 벌리기 위함이다.

운이 좋았는지 혈왕도가 원하던 대로 일이 진행되었다.

설무린은 북설과 다른 방향으로 움직이며 도를 막아냈기 때문이다.

'좋아! 성공이다!'

뒤쪽으로 스쳐 지나가는 자신의 동료인 흑비일살을 느끼며 그의 입가에 미소가 머금어졌다.

성공이라고 생각한 것은 혈왕도뿐만이 아니라 흑비일살 또한 마찬가지였다.

손만 뻗으면 닿을 수 있을 정도로 가까운 거리. 빠르게 북설의 뒤로 돌아간 흑비일살이 손을 뻗어 북설을 잡아채는 것과 동시에 허리에 꼽혀 있는 비수를 꺼내려 했다.

계획은 성공하는 듯했다.

한데,

휙!

오른손으로 비수는 뽑았거늘 왼손이 허공을 갈랐다.

"어……?"

뭔가 이상하다고 생각되는 순간 뒤쪽에서 뻗어진 무엇인가가 흑비일살의 목젖에 와 닿았다.

시퍼렇게 날이 선 검.

뒤를 잡았다 생각하는 순간 이미 북설이 흑비일살의 뒤를 잡았던 것이다.

몸을 돌리고 있는 터라 아무런 상황도 모르는 혈왕도가 설무린이 뒤쪽을 바라보고 있자 음흉한 웃음을 터뜨렸다.

무슨 일이 벌어졌는지 모르는 혈왕도가 신이 난 듯이 말했다.

"으하하하! 건방지게 굴더니 꼴좋구나! 어떠냐, 이놈!"

혈왕도는 설무린의 얼굴을 바라보며 자신있게 말을 쏟아내다 이내 뭔가 이상한 것을 발견했다. 그저 무덤덤한 얼굴로 자신을 바라보는 설무린 때문이다.

'젠장, 인질이 통하지 않는 건가. 아니면 태연한 척 날 속일 생각인가?'

혈왕도가 머리를 복잡하게 굴리기 시작할 때 설무린이 말했다.

"함부로 움직이다가는 당신 친구가 다칠지도 모르오."

"무슨 개소리냐!"

"북설, 팔 하나 꺾어버려."

으드득!

사람 뼈가 비틀리는 소리와 함께 둔탁한 비명이 터져 나왔다.

"크아악!"

익숙한 목소리에 놀란 혈왕도가 다급히 고개를 돌렸고, 그곳에서는 믿기 어려운 일이 벌어져 있었다.

북설을 인질로 잡고 있을 거라 생각했던 흑비일살이 도리어 그녀에게 잡혀서 꼼짝도 못하고 있었던 것이다.

한 쪽 팔이 꺾여 버린 흑비일살의 얼굴은 고통으로 인해 땀으로 가득했다.

혈왕도의 안색이 급격하게 변했다.

설무린이 이죽거리며 말했다.

"상대를 잘못 골랐어. 여자라고 얕봤다가는 큰코다치지, 영감."

흑비일살이 채 반항도 하지 못하고 잡혔다.

저 여인의 실력 또한 혈왕도 자신보다 결코 하수는 아니라는 소리다.

설무린이 혈왕도를 향해 한 걸음 내딛으며 입을 열었다.

"묻고 싶은 게 조금 많아. 네놈들에게 이러한 일을 시킨 자가 누구인지부터, 무슨 꿍꿍이로 이 같은 일을 벌이는지까지 말이야."

"크, 큭큭!"

혈왕도가 웃음을 터뜨렸다.

즐거워서 웃는 것이 아니다. 모든 것을 달관했기에 절로 나오는 웃음이다.

"웃기는군. 내가 네놈에게 그걸 말해줄 이유가 어디 있느냐? 네가 날 살려줄 것도 같지 않고, 설령 살려준다 해도……
내가 죽을 것이다. 어차피 입을 열었다는 건 곧 죽음을 의미
하니까 말이야. 그분의 손에 죽을 바엔 차라리 스스로 죽고
말겠다.”

“그분이라고? 그게 누구요?”

중요한 단서라고 생각했는지 설무린이 물었다.

그때 팔이 비틀려 고통스러워하던 흑비일살 또한 웃음을
흘렸다.

“흐흐흐! 그거야 그렇겠군. 애송아, 네놈은 모른다. 그분이
얼마나 무서운지. 네놈이 아무리 날고 뛰어봤자…… 그분 발
아래야.”

“그러니까 그분이라는 놈이 누구냐고 물었잖아, 영감!”

설무린의 목소리가 다소 날카로워졌다.

이들이 칭하고 있는 그분이라는 작자가 모든 일에 배후에
있는 인물일 공산이 크기 때문이다.

어떻게든 알아내려고 했지만 이들은 결코 입을 열 것 같지
않았다.

설무린이 어떻게 해야 하나 망설일 때였다.

무엇인가 어둠 속에서 하얀 빛줄기 한 가닥이 북설에게 날
아들었다.

흑비일살을 제압하고 있던 북설은 급히 몸을 뒤로 젖히며
그 공격을 피해냈다.

휘리릭!

날카로운 파공성과 함께 동그란 암기가 벽에 틀어박혔다.

공격을 피해내느라 북설은 어쩔 수 없이 흑비일살을 놓았고, 그 틈을 이용해 그는 급히 거리를 벌렸다.

설무린의 시선이 밝게 비치는 통로로 향했다.

통로 건너에서 중년의 사내 하나가 모습을 드러냈다. 위풍당당한 체격의 건장한 사내. 그 모습을 본 설무린이 피식 웃으며 말했다.

"이거이거 금룡무관의 주인께서 납시셨군요."

"뭐 하는 피라미들이냐?"

"글쎄……."

설무린이 픽 웃더니 손가락을 튕겼다. 냉기로 뒤덮인 지력이 자신에게 쏘아지자 금룡무관의 주인인 창천뇌검 위공탁은 검을 뽑아 들어 그 공격을 받아냈다.

"흠!"

만만하게 보았던 위공탁은 검에 느껴지는 묵직한 무게에 내심 긴장할 수밖에 없었다.

젊어 보이는 사내였지만 결코 쉬운 상대가 아니라는 걸 느낀 것이다.

혈왕도가 다급하게 외쳤다.

"위 관주! 방심해서는 아니 되네. 상대는 북해빙궁의 소궁주야!"

"저놈이 북해빙궁의 소궁주란 말이오?"

북해빙궁의 소궁주라는 말에 위공탁이 놀라 설무린을 바라봤다.

위공탁 또한 설무린에 대한 이야기를 위에서부터 많이 전해 들었기 때문이다.

위공탁이 설무린을 바라봤다.

"북해빙궁의 소궁주가…… 어째서 우리 금룡무관의 내부에 있는 건지 모르겠군."

"뭐, 오다 보니 여기까지 왔소."

가만히 서서 설무린을 바라보던 위공탁의 표정이 변했다. 놀란 얼굴로 위공탁이 설무린을 내려다보며 입을 열었다.

"설마……!"

모두가 북해빙궁 내에서 자신들의 꼬리가 잡히지 않았다고 생각하고 있었다.

세 명의 회주도 그러했고, 심지어는 궁주 또한 그리 생각했다.

설무린이라는 놈이 묘하게 자신들의 세력을 건드리고 다닌다는 말은 들었지만 우연의 일치일 거라고 위에서는 판단하고 있었던 것이다.

그만큼 꼬리가 잡힐 만한 일이 없었으니까.

그러다가 우연히 이곳 남창에 와 금룡무관의 비밀 통로를 찾아냈다?

그것도 과연 우연일까?

웃기는 소리!

결코 우연일 수 없다.

위공탁이 떨떠름한 목소리로 말을 꺼냈다.

"너…… 뭔가 알고 있는 모양이구나."

"물어야 할 것은 그쪽이 아니라 내 쪽인 것 같은데? 듣고 싶은 게 많거든."

말은 그리했지만 어떠한 대답도 들을 수 없을 것이라는 걸 설무린 또한 알고 있었다. 저 두 노인이 그러했던 것처럼 위공탁이라는 작자 또한 그 수장이라는 사에게 막연한 두려움을 느끼고 있을 게다.

설무린이 위공탁을 향해 몸을 돌려 걸어가며 입을 열었다.

"북설!"

"예, 소궁주님."

"네가 저 두 영감을 맡아. 내가 저자를 맡지."

"알겠습니다."

북설은 설무린의 뒤쪽으로 다가와 두 노인이 움직일 수 있는 길을 막아섰다.

방금 전까지 죽상이었던 혈왕도와 흑비일살이었지만 지금은 조금 달랐다.

흑비일살은 퉁퉁 부어버린 손을 부여잡고 버럭 소리를 질렀다.

"망할 계집 같으니라고! 네년을 찢어 죽이고야 말겠다! 감히 어르신의 몸을 이리 만들어?"

거친 말에도 불구하고 북설은 전혀 동요하지 않았다.

얼음과도 같은 냉철함.

북설의 눈빛은 차가웠다.

북설의 그러한 모습에 내심 혈왕도는 감탄했다. 설무린이나 북설 모두 젊은 데도 불구하고 이처럼 싸움에 닥쳐 침착할 수 있다는 것은 보통 힘든 것이 아니다.

'하지만 우리 둘의 합공을 받아내기는 무리일 터.'

흑비일살 달려들었다가 단숨에 제압당하기는 했지만 둘이라면 다를 거라 생각했다. 그리고 북설을 제압할 수만 있다면 자신들 둘 또한 위공탁을 도울 수 있다.

위공탁까지 가세한다면 북해빙궁 소궁주인 설무린을 제압할 수 있을 거라고 판단한 것이다.

혈왕도가 다시금 인자한 어투로 타이르듯이 말했다.

"반항하지 않는다면 편히 죽여주마."

"……."

북설은 대답하지 않았다.

오히려 자신의 검을 앞으로 들이밀며 투쟁의 의지를 보였다. 한 치의 떨림도 없는 두 눈동자, 강하게 움켜쥔 검에서 하얀 기운이 피어오르기 시작했다.

"결국 벌주를 받겠다 이거로군. 어쩔 수 없지."

중얼거린 혈왕도가 옆에 있는 흑비일살을 바라봤다.

흑비일살이 기다렸다는 듯이 고개를 끄덕이며 혈왕도의 뒤에 가서 섰다.

혈왕도의 무기는 도, 흑비일살은 비도를 사용하는 암기의 달인이다.

혈왕도가 정면에서 싸우고, 뒤쪽에서 기회를 노리며 흑비일살이 비도를 날린다.

그것이 두 노인의 전투 방법이었다.

혈왕도가 자신의 도를 든 채로 서서히 거리를 좁혀갔다.

그의 발이 땅을 박차며 튀어 올랐다.

파파팍!

거리를 좁혀오며 혈왕도가 미친 듯이 도를 휘둘렀다. 묵직한 힘에 빠른 속도, 동시에 사방으로 날아드는 공격이었지만 북설은 침착했다.

카카캉!

가냘프게 보이는 여인이 받아내기에는 무척이나 큰 힘이었지만 북설은 어렵지 않게 그 공격들을 받아내면서도 전혀 물러서지 않았다.

오히려 쭉 뻗은 검이 혈왕도의 가슴을 스치듯 지나갔다.

'빠르다!'

북설이 거리를 좁히며 혈왕도에게 재차 공격을 가하려는 순간 기다렸다는 듯 뒤쪽에서 동시에 두 개의 비도가 날아들었다.

하체를 노린 비도와 상체를 노린 비도.

동시에 두 개를 막아내는 것은 어려울 것만 같았다.

가뜩이나 혈왕도를 향해 달려들던 차였기에 더더욱 그러해 보였다.

그때 달려들던 북설의 발이 움직였다.

정확하게 발에 닿으려는 순간 살짝 쳐 올리자 비도가 그대로 위로 솟구쳤다. 그리고는 어깨를 노리고 날아들던 비도와 충돌하며 두 자루가 동시에 허공에서 빙글빙글 돌았다.

그리고는 되려 허공에서 도는 비도를 손바닥으로 쳐냈다.

"헉!"

앞쪽에 있던 혈왕도가 다급히 도를 휘둘러 날아드는 비도를 막아냈다.

뒤로 사정없이 뒷걸음질치면서 거리를 벌린 후에야 간신히 날아드는 비도를 받아낸 혈왕도의 얼굴은 마치 상처가 난 맹수(猛獸)처럼 사납게 변했다.

"감히!"

북설은 시뻘겋게 변한 눈으로 자신을 노려보는 혈왕도를 향해 나지막이 입을 열었다.

"당신 둘은 제 상대가 못 됩니다."

"닥쳐라, 이 요망한 년!"

혈왕도가 분노를 토해내며 다시금 달려들었다. 무턱대고

달려드는 그를 보며 북설이 검을 고쳐 잡았다.

'유령검(幽靈劍).'

북설의 손에 들린 검의 검날이 슬쩍 모습을 감췄다.

북설과 두 노인의 싸움이 시작되었을 때 설무린과 위공탁은 서로 마주 선 상태였다. 위공탁은 어깨를 으쓱하면서 뒤쪽을 고갯짓했다.

"걱정되지 않나? 얼굴도 반반한데 그냥 죽이기에는 너무 아깝군."

"걱정해야 될 건 저 여자가 아니라 노망난 두 영감탱이지. 거기에 당신 스스로의 목숨도 말이오."

"그래, 네놈이 강하다는 소문은 익히 들었지. 인육마까지 죽였다던데……. 어디 인육마를 죽인 검 한번 구경해 볼까?"

위공탁은 말과 함께 자신의 검을 끄집어냈다.

창천뇌검이라 불리는 그의 별호대로 위공탁은 검의 고수였다.

설무린은 자신의 검을 구경해 본다는 말에 피식 웃음을 터뜨렸다.

"구경이라… 내 검은 곡예가 아니라서 말입니다. 구경으로 끝나지는 않을 것이니 조심하는 게 좋을 거요. 구경하는 순간 이미 당신은 황천행이거든."

"하하! 대단한 자신감이로군."

위공탁이 천천히 옆으로 걸음을 옮겼다.

인육마를 이긴 고수라면 위공탁보다 강한 것은 분명하다. 인육마는 위공탁이 속한 궁(宮)에서도 알려진 절대 강자 중 하나였다.

하지만 조금의 시간 정도 끄는 것이 뭐가 어려우랴.

'반 각 정도만 끌면 저 싸움은 끝난다. 그럼 일 대 삼. 아무리 북해빙궁의 소궁주라 해도 우리 셋을 감당하지는 못할 게야.'

설무린은 결코 살려서 보내서는 안 된다. 어떻게인지 몰라도 이놈은 위공탁 본인이 속한 단체에 대해 어느 정도 알고 있는 것이 분명하다.

어쩌면 그러한 사실을 아는 것이 설무린뿐만이 아닐 수도 있다. 북해빙궁에 있는 다른 누군가도 이 같은 일을 알 공산이 크다.

'이놈을 죽이고 궁에 연락을 취해야겠군.'

한시가 급한 일이다.

위공탁은 생각을 접었다.

눈앞에 있는 상대는 믿기 어렵지만 자신보다 최소 한 수 이상의 고수다.

싸움 전에 방심을 하다가는 단 일합에 목이 떨어질지도 모른다.

두근두근.

심장이 빠르게 뛴다.

호흡도 점점 가빠진다.

문득 위공탁은 기분이 나빠졌다.

자신은 이처럼 잔뜩 긴장하고 두근거리고 있는데 상대인 설무린은 너무나 태연해 보인다.

움직일 생각도 없는 것처럼 검을 든 채로 자신을 응시만 하고 있다.

'오냐, 이놈!'

오지 않으면 이쪽에서 간다.

귀령칠검(鬼靈七劍)이라 스스로 이름 붙인 칠초식의 검법. 상대가 귀신이라고 해도 벨 수 있을 거라 자부하는 위공탁의 독문검법이다.

위공탁은 단숨에 귀령칠검의 오초식 귀기만발(鬼氣滿發)을 사용했다.

휘이익!

사방으로 퍼져 나가는 검세.

그리고 그 폭풍우를 한 곳으로 쏟아 붓는 귀기만발의 초식에 설무린을 향해 쏟아졌다. 수십 가닥의 검기가 설무린을 노렸다.

설무린은 자신에게 날아드는 검기를 느끼며 기다렸다는 듯이 설풍수라마검의 수라참극을 펼쳤다. 귀기만발과 수라참극은 비슷한 초식이었다.

하지만 그 위력은 천차만별이었다.

사방으로 쏟아지는 설무린의 검기가 위공탁의 것을 단숨에 집어삼키며 도리어 공격해 들어갔다.

'이런!'

다급하게 숨을 몰아쉬며 위공탁은 검을 들어 올려 검기를 사방으로 갈라 버렸다.

카앙!

"크윽……."

손목이 얼얼하다. 동시에 입가에서 절로 고통 어린 신음 소리가 흘러나왔다. 그렇지만 위공탁은 억지로 입술을 강하게 깨물었다.

애초부터 이 정도는 각오하지 않았는가.

오히려 고통을 억누르며 위공탁은 설무린에게 달려들었다. 검이 설무린의 머리를 노렸다.

캉!

검을 받아내기가 무섭게 설무린의 발이 위공탁의 발목을 공격했다.

무릎을 들어 올려 피하는 것과 동시에 위공탁의 발이 설무린의 가슴을 걷어찼다.

부웅!

발이 가슴에 닿았다고 생각하는 순간 위공탁은 그대로 내력을 불어넣으며 각법을 펼쳤다.

파파팍!

화려하지는 않지만 일 격 일 격이 제법 묵직하다. 설무린은 팔뚝으로 그 공격을 흘리며 뒤로 물러났다.

거리를 벌렸다며 안도의 한숨을 쉬려는 순간 설무린의 손가락 끝에서 하얀 빛이 흘러나왔다.

위공탁은 생각할 겨를도 없이 무작정 허리를 뒤로 꺾었다.

설무린의 손가락을 떠난 설광마멸지가 동굴 벽에 그대로 구멍을 내며 사라졌다.

허리를 일으켜 세운 위공탁이 자신의 어깨를 움켜잡으며 거친 숨을 토해냈다.

가볍게 스쳤을 뿐이거늘 지독한 한기가 몸 안으로 치밀고 들어온다.

'이것이 북해빙궁의 무공……'

말로만 들었지 직접 당해본 것은 처음이다.

북해의 무공은 지독한 한기를 품고 있다더니 상상보다 훨씬 더 지독했다.

위공탁은 상황이 좋지 않다고 생각하고는 처음으로 시선을 돌려 다른 이들을 바라봤다. 혈왕도와 흑비일살이 돕지 않는다면 버티는 것도 무리다.

그런데…….

위공탁의 안색이 파리하게 변했다.

'이, 이건 대체…….'

혈왕도가 쓰러져 있다.

그것도 전혀 미동도 하지 않는 상태로. 거기에 흑비일살은 북설이라고 불린 여인에게 일방적으로 쫓기며 도망치기에 급급하고 있다.

경공이 빼어나 피하고는 있지만 머지않아 승패는 갈라질 것이 눈에 보일 정도였다.

설무린이 놀란 표정으로 서 있는 위공탁을 보며 안 봐도 안다는 듯이 말했다.

"말하지 않았습니까, 우리 둘이 아니라 당신 셋이 위험하다고. 슬슬 싸움을 끝내도록 하지요. 시간이 많지 않은지라."

말이 끝나기가 무섭게 여태까지와는 다르게 설무린이 먼저 움직였다.

설무린의 검은 무척이나 빨랐고, 변화가 가득했다.

가뜩이나 현재의 상황에 위축되어 있던 위공탁으로서는 막아내기에 급급했다.

캉캉캉!

수십 합을 겨루면서 위공탁은 단 한 차례도 공격을 할 기회를 잡지 못했다. 위공탁의 수준은 설무린이 상대했던 사혈괴마나 흑풍귀보다도 아래다.

그런 그가 설무린을 상대할 수 있을 턱이 없다.

일방적으로 밀리면서 점점 겁을 먹게 된 위공탁은 결국 땅을 나뒹굴고야 말았다.

사정없이 땅을 뒹굴다가 자리에서 일어난 위공탁은 다급히 주변을 둘러봤다.

위공탁을 도울 것이 단 하나도 없다.

그렇게 주변을 둘러보던 위공탁의 시선이 무엇인가가 잡혔다. 그것은 다름 아닌 무엇인가를 위해 사용되고 있던 아이였다.

위공탁은 당황한 나머지 급히 옆쪽에 있는 아이를 들어 올렸다.

"움직이지 마!"

위공탁을 향해 달려들던 설무린이 멈칫하고 섰다. 위공탁은 아이의 목덜미를 움켜잡고는 거칠게 숨을 몰아쉬었다. 그는 강하게 쥔 손을 놓치지 않으려 했다, 지금 손에 있는 아이가 마지막 생명줄이라 굳게 믿었기에.

"헉헉."

그는 다른 손으로 땀을 닦아내며 설무린을 향해 버럭 소리쳤다.

"날 공격하면 이 아이는 죽는다! 물러나라!"

"……."

물러날 거라고 생각했던 설무린이 미동도 하지 않고 서 있었다. 그 모습에 위공탁의 가슴은 바짝 타기 시작했다. 마지막 수라 생각하고 쓴 묘안이 바로 이것이다.

이것마저 실패한다면 위공탁은 꼼짝없이 죽을 수밖에 없다.

위공탁이 악에 받친 듯이 외쳤다.

"이 아이를 죽일 생각이냐, 북해소궁주!"

"…너 같은 쓰레기 하나 때문에 아이를 죽일 수는 없지."

"알았다면 당장 물러……."

"그런데 말이야."

살짝 고개를 숙였던 설무린이 고개를 들어 올렸다. 그리고 설무린의 눈동자와 마주치는 순간 위공탁은 급히 숨을 몰아 쉬었다.

붉게 변한 눈동자에서 분노가 쏟아져 나왔다.

위험하다는 생각이 위공탁의 머리를 스치고 지나갔다.

"그 아이 이미 죽어 있거든? 이 개자식아!"

"뭐……?"

콰아앙!

노한 설무린의 손바닥에서 그대로 얼음기둥이 쏟아져 나왔다. 그리고 그것은 놀라 서 있던 위공탁의 온몸을 비집고 들어갔다.

"크아악!"

위공탁은 그대로 아이를 놓치며 뒤로 나뒹굴었다.

온몸이 얼음에 꿰뚫리며 위공탁의 몸은 넝마가 되어버렸다. 땅에 쓰러져 고통에 찬 신음 소리를 토해내는 그의 위로 설무린이 올라섰다.

설무린의 표정은 북해의 만년설을 생각나게 할 정도로 차가웠다.

"너, 너는……."

"죽어."

설무린의 손에서 빙백신장이 쏘아져 나왔다. 그리고 그것은 누워 있던 위공탁의 가슴을 정확하게 꿰뚫었다.

위공탁이 고개를 떨어뜨리는 것을 보고서야 설무린은 입술을 꽉 깨물었다.

아무런 죄도 없는 아이들이다.

그런 아이들이 왜 이런 곳에서 죽어야만 했던가.

설무린이 분에 찬 표정으로 뒤를 돌아봤다. 이미 그곳에는 싸움을 끝낸 북설이 있었다. 그녀 또한 둘 모두의 목숨을 끊어버린 상태였다.

그리고 그녀의 손에는 이상한 약재가 하나 들려 있었다.

설무린보다 조금 일찍 싸움을 끝냈던 그녀가 발견한 물건이었다.

"소궁주님, 이곳에서 발견한 것입니다."

"이건……."

"잘은 모르겠지만 이 약재를 가지고 무엇인가를 만들었던 것 같습니다."

약초나 독초에 대한 지식이 거의 없는 둘이기에 이것이 어떠한 것인지 알 수는 없는 노릇이다. 하지만 이곳에서 나온 것이라면 단서가 될 수도 있다.

설무린은 그것을 조용히 품 안에 챙겼다.

그리고는 말없이 쓰러져 있는 아이들을 바라봤다.

그나마 미동을 하던 몇몇 아이들도 이미 숨이 끊어진 지 오래다.

설무린이 포권을 취하며 아이들을 향해 명복을 빌었다.

고개를 든 설무린은 잠시 눈을 감고 있다 이내 몸을 돌렸다.

설무린의 몸에서 살기가 터져 나왔다. 몸을 돌려 걷는 설무린의 주먹이 강하게 움켜쥐어져 있다.

으드득!

'네놈들을 절대 용서하지 않는다.'

第四章

선회(旋回)

강서성 약왕전.

조자양의 표정이 그리 좋지 않다. 그는 손가락으로 탁자를 두드리며 깊은 침묵에 잠겨 있었다.

"후우."

한숨을 내뱉은 조자양이 자리에서 일어나 방 안을 왔다갔다 분주하게 움직였다.

오늘이 바로 약속한 보름째.

그리고 서서히 해가 지고 있다. 아침부터 설무린을 기다리고 있었지만 아직까지 연락이 없다.

'오늘 오지 않을 건가?'

오지 않는다 해도 마음이 편할 수 없다.

그 이유는 바로 설무린이 부탁했던 흡혈잠마지독의 해약을 만들어내지 못했기 때문이다.

처음부터 힘든 일이라는 건 알았다.

해약을 만들어낼 수 있을 확률이 극히 적다는 것도 알았다.

하지만 그래도 어떻게든 하기 위해 거의 보름 동안 잠 한숨 자지 않고 해약을 만드는 데 몰두했다.

그런데도 불구하고 조자양은 흡혈잠마지독에 대해 단 하나도 알아낼 수 없었다.

보름이라는 시간은 흡혈잠마지독에 대해 알기엔 너무 부족한 시간이었을까?

물론 시간이 짧은 감도 없잖아 있긴 했지만 설령 보름이 아니라 그에 몇 배에 달하는 시간이 있었다고 해도 무리였을 게다.

몇십 년.

이 독에 대해 알기 위해서는 그 정도의 어마어마한 시간은 필요할 것이다.

거기에 독에 일생을 건 자의 전문적인 지식도.

그저 독에 박식한 정도로는 안 된다.

독에 목숨을 건 자들.

독인(毒人)이라 부를 수 있는 이들이나 그나마 가능성이 있다.

그렇게 설무린을 기다리며 초조해하고 있던 조자양의 거처에 수하 하나가 모습을 드러냈다. 수하가 고개를 조아리며 입을 열었다.

"손님이 찾아와서 뵙기를 청합니다. 오늘 만나기로 약조를 하셨다는데……."

"젊은 한 쌍의 남녀던가?"

"그러합니다."

"안으로 모시게."

초조하던 차에 마침내 북해빙궁 소궁주 일행이 도착한 모양이다.

조자양은 자리에 앉아 조용히 눈을 감았다.

수하가 사라진 지 얼마 되지 않아 빠른 발자국 소리와 함께 누군가가 조자양의 거처에 도착했다.

"전주님, 손님들을 모시고 왔습니다."

"그래? 자네는 이만 물러가게."

"예, 전주님."

말과 함께 수하가 사라지고 거처에 찾아온 한 쌍의 남녀가 모습을 드러냈다.

조자양은 둘의 모습을 보고 자리에서 일어났다.

기다렸던 설무린 일행이 나타난 것이다.

조자양의 입에서 힘없는 목소리가 흘러나왔다.

"왔는가?"

“일이 있어서 조금 늦었습니다.”

설무린은 말을 하며 조자양의 모습을 살폈다. 눈이 퀭한 것이 한동안 제대로 잠도 자지 못했다는 것을 단번에 알 수 있을 정도였다.

그리고 대충 표정에서 이미 설무린은 해독약을 만드는 것이 가능한지 아닌지 알 수 있었다.

설무린이 착잡한 표정을 지었다.

“어려운 겁니까?”

“…그러네.”

조자양은 별반 다른 말 없이 설무린의 물음에 답했다.

말을 마친 조자양이 품 안에 넣어두었던 병을 조심스레 꺼내 내밀었다.

설무린이 다가와서 병을 받자 조자양이 깊이 한숨을 쉬며 속에 담아두었던 자신의 생각을 말했다.

“후, 내 비록 독만을 전문적으로 연구한 것은 아니지만 깊은 지식을 지니고 있다 생각했네. 하지만 그 정도의 지식으로는 무리야. 정말로 독에 목숨을 건 자들을 찾아가 봐야 할 것 같네. 물론 그들이라고 해서 해약을 만들 수 있을 거라 장담할 수는 없지만 말일세.”

그의 말을 들으며 설무린은 말없이 고개를 끄덕였다.

별로 티를 내지 않고 있을 뿐이지 지금 설무린의 속은 시커멓게 타 들어가는 기분이었다.

물론 약왕전에서 불가능하다고 말한다고 해서 끝은 아니다.

애초부터 약왕전보다 사천당문에 희망을 걸고 있었다. 그렇지만 막상 불가능하다는 말을 들으니 기운이 쏙 빠지는 것은 어쩔 수 없는 노릇이다.

이곳 약왕전에서 해약을 만들어낼 수 있기를 빌었거늘…….

병을 챙기는 설무린을 보며 조자양이 입을 열었다.

"사천당문에 갈 생각인가?"

"독하면 사천당문이니까요."

야율초재가 일전에 언급했었다.

사천당문에는 가지 않는 게 좋을 거라고 말이다. 북해빙궁에서 왔다고 하면 그들이 죽이려들 수도 있다고 말했다. 물론 야율초재가 그리 말한 이유를 설무린은 모른다.

아마도 사천당문과 북해빙궁 사이에 어떠한 앙금이 남아 있는 모양이다.

하지만 지금이 찬밥 더운밥을 가릴 처지던가.

어떻게든 해약을 만들어야 하는 상황이다. 지푸라기라도 잡아야 할 때이기에 위험을 무릅쓰더라도 사천당문에 가보려고 하는 것이다.

조자양이 미안하다는 어투로 말을 이었다.

"이곳까지 왔는데 아무런 도움도 못 주었군."

“아닙니다. 아쉬운 건 사실이지만 어쩔 수 없죠.”

불가능하다는 것을 알았을 때 설무린은 애써 아쉬움을 홀홀 털어버렸다.

그나마 사천당문이라는 최후의 보루가 있었기에 망정이지 그렇지 않았다면 눈앞이 캄캄해졌을 게다.

설무린이 인사를 건넸다.

“애써주셔서 감사합니다. 갈 길이 바빠서 이만 먼저 가보겠습니다.”

“그러게. 혹 또 다른 일이 생긴다면 연락 주게나. 내 가능한 일이라면 꼭 도움세.”

“말뿐이라도 감사히 받겠습니다.”

설무린은 급히 사천당문으로 발걸음을 옮기려 하다가 멈칫했다. 그러더니 이내 품속에 있던 이상하게 생긴 약재 하나를 꺼내었다.

며칠 전 금룡무관의 지하통로에서 구했던 수상한 물건이다.

“혹시 약왕전주께서는 이게 무엇인지 아십니까?”

“이건……?”

대수롭지 않게 건네는 물건을 받아 들었던 조자양의 안색이 눈에 확 띌 정도로 급격하게 변했다.

그는 파리해진 얼굴로 다급히 그 약재를 받아서 살피기 시작했다.

놀란 그의 목소리가 급격하게 떨렸다.

"이, 이걸 어디서 구했는가?"

"호오, 뭔가 아시는 모양이군요."

"물론이네."

조자양은 약재에서 눈을 떼지 못한 채 고개를 끄덕였다.

약재를 들고 있는 조자양의 손이 부르르 떨리고 있다. 그러한 세세한 모습도 설무린은 놓치지 않았다.

"이게 뭐 하는 약재입니까?"

"약재? 이 풀은 약재가 아닐세. 이건 마물(魔物)이야. 사람의 영혼을 갉아먹는 악마란 말이야."

조용히 풀을 내려놓은 조자양의 얼굴은 여전히 딱딱하게 굳어 있었다.

조자양이 조용한 어조로 말을 꺼냈다.

"멸혼초(滅魂草). 이 마물의 이름이지."

"멸혼초?"

생소한 이름이다.

조자양이 고개를 끄덕였다. 그리고 설무린의 의아해하는 표정을 보며 무슨 생각을 하는지 알아차린 듯 설명하기 시작했다.

"당연히 자네는 모르겠지. 이건 특수한 지방에서밖에 자라지 않아. 양의 기운이 가득한 태양 아래에서만 자라는 것이니 북해빙궁에서 살아온 자네에게는 무척이나 낯설 거야. 물론 그렇다 해서 중원에서 이것에 대해 아는 자 또한 많지는 않겠지만 말일세."

"이놈은 어디다 쓰는 물건입니까?"

"…사람의 혼을 빼앗을 때."

"큭! 이런 풀이 사람의 혼을 빼앗는다고요?"

조자양은 궁금하다는 표정으로 멸혼초를 내려놓으며 물었다.

"멸혼초는 금지된 물건인데 이걸 어디서 구했는가?"

"정확히는 말씀드리기 어렵지만 그리 멀지 않은 곳에서 구했습니다."

"뭐라고? 이걸 중원에서 구했단 말인가?!"

버럭 소리를 지르는 조자양의 어투가 거칠어져 있다. 설무린은 아직 제대로 멸혼초에 대한 이야기를 듣지 못했기에 궁금하다는 듯 물었다.

"사람의 혼을 빼앗는다고 했는데, 어떤 의미입니까?"

"후… 이야기하자면 꽤 길어지네. 아주 오래전의 일이네. 말했던 것처럼 이 멸혼초는 양기가 가득한 곳에서밖에 자라지 않아. 이 물건은 서역의 극히 일부 지역에서만 자라네."

"서역?"

서역이라는 말에 설무린의 꿈틀했다.

서역에는 태양궁이 있다.

그리고 일전에 소요문의 사건 때 개입했던 자 또한 서역의 말투를 사용했다고 했다.

결코 우연이 아니다.

"멸혼초의 무서움을 제일 먼저 맛본 곳은 자네도 잘 아는 태양궁일세. 멸혼초를 복용하면 처음에는 내공이 증가하게 되지. 그것으로 영물이라 여긴 태양궁에서 무인들에게 멸혼초를 복용하게 한 후에 훈련을 시켰네. 그런데 이놈은 마귀였어. 시간이 흐를수록 멸혼초를 복용했던 자들이 미쳐 가기 시작했지. 완전히 영혼을 빼앗겨 버린 살인 무기가 되었던 걸세."

태양궁 내부가 완전히 뒤집혔던 사건이다.

물론 그들 내부의 일이라 중원으로 알려지지 않았다고는 하지만 터져 버린 둑을 손으로 막을 수는 없는 법이다.

조금씩 흘러나온 소문은 퍼지고 퍼져 결국에는 무림맹에게까지 들어왔다.

"소문을 들은 무림맹주는 태양궁주를 만나 그 물건에 대한 이야기를 나누었고, 태양궁주는 서역에 퍼져 있는 모든 멸혼초를 회수해서 전부 처리했다고 알려졌네. 그게 벌써 몇십 년 전의 이야기거늘……."

"……."

설무린은 이야기를 듣고만 있었다.

조자양이 하는 말들을 들으니 뭔가 고리들이 하나씩 이어지는 기분이었다.

서역과 태양궁, 그리고 멸혼초…… 하오문 강서 지부장인 염자량이 해주었던 말도 말이다.

'오랜만에 만난 지기를 알아보지 못했다고 했었지.'

완전히 다른 사람이 되었다고 했다.

그리고 아이들을 가지고 잔인한 실험을 하던 지하 동굴. 그곳에서 구한 이 멸혼초.

답은 나온 것이다.

변한 것이 아니다. 영혼을 빼앗겨 버렸던 것이다.

설무린이 확답을 듣고자 물었다.

"이 물건이 정말 멸혼초가 맞습니까?"

"물론이네. 내 어린 나이였지만 전대 약왕전주이신 아버지를 따라 무림맹주님과 함께 태양궁에 갔었네. 그때 직접 봤는데 어찌 모를 수 있겠는가."

당시 조자양은 멸혼초라는 물건에 대해 듣고 무척이나 놀랐던 기억이 있다. 그래서인지 멸혼초를 보기가 무섭게 어릴 적의 기억이 빠르게 떠올랐던 것이다.

조자양이 이토록 확신을 하니 결코 틀리지는 않을 게다.

거기다가 멸혼초로 인해 변했다고 생각되는 자를 본 자까지 있지 않은가.

"큭, 큭큭!"

"……?"

설무린이 갑자기 웃음을 터뜨리자 조자양이 요상한 표정

으로 그를 바라봤다. 그렇지만 이내 설무린은 미소를 거뒀다. 정말로 즐거워서 웃은 웃음이 아니다.

수상했던 점이 맞아떨어지며 분노가 치민다.

태양궁.

확실한 것은 아니지만 이 정도라면 의심하고도 남을 정도다.

자신을 바라보는 조자양의 눈빛 때문인지 설무린은 미소를 거두며 손사래를 쳤다.

"별거 아니니 신경 쓰실 것 없습니다. 덕분에 이 풀의 정체도 알았군요. 감사합니다."

"어차피 아는 것을 가르쳐 준 것뿐일세."

"저희는 이만 물러가 보지요."

다시 한 번 인사를 건넨 설무린은 북설과 함께 조자양의 거처를 빠져나왔다.

약왕전을 빠져나가기 위해 발걸음을 옮기며 설무린의 눈은 손에 있는 멸혼초라 불리는 독초를 바라봤다.

태양궁이 있는 서역의 일부 지역에서만 자라는 독초.

그리고 그 위험성 때문에 태양궁에서 서역에 있는 모든 멸혼초를 긁어모아 제거했다고 했다.

정체를 알 수 없는 세력이 사전에 이 멸혼초를 구해서 준비해 두었다면 모를까, 그게 아니라면 태양궁이 이 일에 직, 간접적으로 연관이 있는 것은 불 보듯 뻔한 일.

‘서찰을 보내야겠군.’

북해빙궁에 있는 야율초재에게 새로운 사실을 알려야 한다.

멸혼초의 존재와 사천당문으로 가야 한다는 걸 말이다.

이곳 약왕전에서 해약을 만들어낼 수 없는 게 아쉽기는 하지만 그래도 한 가지 단서를 잡았다.

멸혼초, 그리고 태양궁…….

다소 막연하던 생각들이 점점 하나씩 정리되어 가기 시작했다.

약왕전을 빠져나간 설무린과 북설은 말 위에 올랐다. 북설이 설무린의 옆으로 다가와 조심스레 말했다.

“바로 사천 쪽으로 방향을 돌리겠습니다.”

설무린은 고개를 끄덕였다.

이곳 강서성과는 거리가 멀지만 이제 남은 희망은 바로 사천당문, 그곳밖에 없다.

호남성(湖南省)을 지나 귀주성(貴州省).

그리고 또 귀주성을 지나야 바로 사천당문(四川唐門)이 있는 사천성(四川省)이다.

두 개의 성을 지나야만 하는 머나먼 여정.

시간이 없다.

“이랴!”

설무린은 입술을 강하게 깨물며 말의 아랫배를 걷어찼다.

북해빙궁은 평화로웠다.

아니, 그렇게 보일 뿐이었다.

야율초재는 언제나처럼 잔뜩 쌓인 서류를 보며 짧은 한숨을 내쉬었다. 하지만 그렇게 망설이는 것도 잠시, 이내 야율초재는 자리에 앉아 평소처럼 업무를 해나가기 시작했다.

별거 아닌 사소한 일에서부터 북해빙궁의 커다란 일까지…….

야율초재의 손을 거치지 않는 건 없다 해도 과언이 아닐 게다.

원래 북해빙궁에서 가장 바쁜 삶을 살아가던 야율초재는 설군표가 쓰러진 이후 더더욱 해야 할 일이 많아졌다. 물론 설군표의 대역으로 있는 북해는 완벽했다.

오랜 시간 설군표를 모셨던 북해는 한 치의 이상함도 없이 설군표를 연기했다.

그나마 그 덕분에 야율초재가 숨을 돌릴 수 있던 것인지, 만약 북해까지 설군표의 역할을 제대로 수행하지 못했다면 상상만 해도 끔찍할 정도다.

서류를 정리하면서도 야율초재의 머릿속은 다른 생각으로 가득했다.

‘며칠 전에 온 서찰을 보아하니 슬슬 약왕전에서 답을 들으셨을 터인데…….’

설무린에게서 자주 연락을 전해 받는 입장이기에 멀리 떨어져 있지만 일거수일투족을 거의 완벽하게 파악하고 있을 정도다.

얼마 전 강서성 남창에 있는 금룡무관의 비밀 동굴에 대해서도 이미 서찰로 전해 들은 후였다. 시간상으로 보면 약왕전에 도착하고도 남았을 게다.

몸은 이곳에 있지만 야율초재의 마음은 머나먼 중원에 있는 설무린의 옆에 있었다.

나름대로 이곳 북해빙궁에서 모든 힘을 동원해서 이것저것을 알아보고는 있지만 실제적으로 야율초재가 직접 움직일 수는 없다.

적들도 바보가 아니고서야 야율초재의 움직임 하나하나에 예의주시하고 있을 거라는 걸 알기 때문이다.

며칠 전부터 언제나 연락이 오나 초조해하며 기다리고 있었지만 야율초재는 결코 겉으로 내색하지 않았다.

일거수일투족에 주의를 가져야 한다.

그렇게 방에 있던 야율초재의 고개가 휙하니 돌아갔다. 귓가로 새의 날갯짓 소리가 파고들었기 때문이다.

퍼덕.

창문으로 새 한 마리가 내려앉았다.

야율초재의 눈동자가 번쩍 하고 빛났다. 그는 급히 다가가 새의 발에 묶인 서찰을 풀었다.

급하게 펼친 서찰은 역시나 설무린이 보내온 것이었다.

기다려 왔던 것이기에 야율초재는 다급히 서찰의 내용을 읽어 내려갔다.

서찰의 내용을 살피던 야율초재의 표정이 점점 딱딱하게 굳어가기 시작했다.

서찰의 내용은 크게 세 가지였다.

하나는 바로 금룡무관에서 구했던 풀의 정체에 대해서였다. 이것까지는 괜찮았지만 문제는 그 후에 이어진 내용들이었다. 약왕전에서 역시나 해약을 만들어낼 수 없다는 것이다.

그리고…

'사천당문……!'

설무린과 북설이 말머리를 사천당문으로 돌렸다!

그 서찰의 내용을 보는 순간 야율초재의 머릿속은 복잡해졌다.

최악의 경우 이러한 일이 벌어질 수도 있다고 생각은 해왔지만 막상 현실이 되어 닥치자 어떻게 해야 하나 망설여지는 것이다.

약왕전에서 불가능하다고 한 이상 마지막 보루는 분명 사천당문이다.

알기는 하지만…….

오래전 북해빙궁과 사천당문은 넘을 수 없는 선을 넘은 적이 있다.

물론 세간에는 알려지지 않은 일이지만 그 사건은 두 곳을 불구대천지원수(不俱戴天之怨讐)로 만들기 충분했다.

'이걸 어찌해야 하나……'

말리기도 뭐하고 그냥 두기도 뭐한 애매한 상황에 처해 버렸다.

야율초재는 서찰을 바로 품속에 챙기고는 급히 방을 나섰다. 홀로 정할 문제는 아닌 듯싶기에 현재 설군표의 대역을 하고 있는 북해를 찾아가는 것이다.

설군표의 집무실로 바삐 걸음을 옮긴 야율초재가 문 앞에 이르러서 안쪽에 들릴 정도의 목소리로 입을 열었다.

"궁주님, 야율초재입니다."

"들어오게."

안쪽에서 들려오는 자연스러운 목소리.

얼굴뿐만이 아니라 목소리, 말투까지 완벽하다. 모르는 자라면 결코 알아차릴 수 없을 정도로 북해는 완벽하게 설군표가 되어 있었다.

방 안으로 들어선 야율초재를 향해 설군표로 변해 있는 북해가 웃으며 입을 열었다.

"한창 바쁠 시간에 일은 안 하고 뭘 하는 겐가, 야율."

"후, 야율이 아니라 야율초재라고 골백번은 말씀드린 것 같습니다만."

"그랬나? 하하!"

능청맞게 웃음을 터뜨리는 북해의 모습을 보며 야율초재는 내심 혀를 내두를 지경이었다.

어떻게 하면 저토록 완벽하게 다른 사람으로 살아가는 게 가능할까.

놀라운 일이다.

설군표의 조그마한 버릇까지도 완벽하게 알고 그대로 행동한다.

야율초재에게 야율이라 부르는 것은 설군표의 평소 행동이다.

아무도 없는 집무실이지만 북해가 설군표의 역할을 수행한 후 야율초재는 진심으로 그를 북해빙궁의 궁주처럼 대했다.

낮말은 새가 듣고, 밤말은 쥐가 듣는다 했다.

근방에 아무도 없다고 해도 단 한시도 방심하지 않는다.

북해가 야율초재를 바라보며 물었다.

"그런데 무슨 일인가?"

"아, 소궁주께서 서찰이 왔습니다. 아직까지도 배필이 되실 분을 찾지 못하신 듯합니다. 그리고 뭐 잡다한 말들이 많긴 한데……."

"됐네. 그냥 서찰로 주게. 쯧, 자네에게 들으면 웃긴 이야기도 딱딱하지 않은가. 거참, 사람이 어찌 그리 재미있게 말하는 말재간이 없는지."

"그것참 죄송하군요."

야율초재가 퉁명스레 대꾸하며 서찰을 은근슬쩍 건넸다. 잠시 서찰을 건네며 마주친 두 명의 눈동자가 빛났다.

그리고는 이내 아무렇지 않게 야율초재가 멀어졌다.

북해는 야율초재에게 받은 서찰을 펼치고는 안의 내용을 살폈다.

서찰의 내용을 확인한 북해의 표정이 일순 흔들렸다. 그 또한 사천당문이라는 말에 무척이나 놀란 것이다.

사천당문…….

북해에게는 결코 떼려고 해도 뗄 수 없는 곳.

야율초재는 아무런 말도 없이 서찰을 보고 있는 북해를 응시했다.

이 사건에 대해 아는 이는 극히 적다.

그리고 야율초재는 북해빙궁과 사천당문의 일을 아는 이 중 한 명이었다.

북해는 서찰을 내려놓으며 입술을 씰룩거렸다.

한 여인이 생각난다.

평생을 함께하고 싶었던 그 여인이.

'당미진…….'

사천당문 문주의 여식이었고, 북해의 아내였던 아름답던

여인이었다. 그리고 지금 중원에 나가 있는 북설의 어머니이기도 했다.

설군표의 그림자무사로 함께 살아오며 북해는 단 한 번도 여인에게 눈길 한 번 준 적이 없었던 인물이다. 그러던 그가 생전 처음으로 마음을 빼앗겼던 사람이 바로 사천당문의 당미진이었던 것이다.

설군표와 함께 중원에서 지내던 중 약 반 년가량을 사천당문에서 신세를 진 적이 있었다.

당시 사천당문의 문주는 설군표와 당미진을 이어주고 싶어했다.

하지만 일이 틀어졌다.

당미진과 북해. 둘이 사랑에 빠져 버렸던 것이다.

후에 이 사실을 안 설군표는 깊게 고뇌했다.

잘못했다가는 북해빙궁과 사천당문의 싸움으로 일이 커질 수 있기 때문이다.

당시에 설군표는 북해빙궁 소궁주의 신분이었다.

망설이던 설군표였지만 언제나 옆에서 함께해 주던 그림자무사 북해였다. 그리고 둘의 사랑이 너무나 깊음을 알고 있는 설군표였기에 그는 결단을 내렸다.

설군표는 북해와 당미진이 도망칠 수 있게 도왔던 것이다.

뒤늦게 그 사실이 알려지자 사천당문이 발칵 뒤집혔고 문주는 노발대발했다.

당시 사천당문의 문주였던 당가위(唐可爲)는 급히 당미진을 되찾으려 했지만 그러기에는 설군표와 북해가 너무나 강했다. 결국 당미진을 되찾지 못한 당가위는 그 사실을 아는 자들에게 명령을 내렸다.

이 일에 대해서 일체 함구하라는 명이었다.

그리고 당미진이라는 여인을 이제부터는 자신의 딸로 생각하지 않을 거라며 말이다.

중원에는 알려지지 않았지만 그 후부터 사천당문은 북해빙궁이라는 말에 이를 갈 정도가 되었다.

그런 그들이 북해빙궁의 소궁주인 설무린이 온다면 그냥 둘 턱이 있겠는가.

더군다나 당문의 주인이었던 당가위가 아직까지 살아 있는 판국에 말이다.

북해는 애써 웃음을 터뜨렸다.

"허허, 여하튼 어떤 여인을 데리고 올지 모르겠군. 그럼 나도 답장이나 한 장 써봐야겠군."

말을 마친 북해는 붓을 들어 올려 앞에 놓여 있는 종이에 무엇인가 긴 이야기를 적기 시작했다. 그것은 바로 사천당문과 자신들이 얽혔던 과거의 이야기였다.

약 일각가량을 바삐 손을 놀린 북해가 자신이 적은 서찰을 야율초재에게 내밀었다.

"이걸 부탁하네, 야율."

“야율초재입니다.”

“아아, 알겠으니 부탁 좀 하지, 야율.”

“…그러지요.”

못 이기겠다는 듯 고개를 절레절레 저은 후에 야율초재가 걸어나왔다.

아무렇지도 않다는 듯 걸어가고 있지만 야율초재의 머릿속은 복잡했다.

'후, 태양궁과 사천당문이라…… 상대하기 가장 껄끄러운 세력 두 곳이 동시에 얽혔군.'

마음 한편이 조급해지기 시작했지만 야율초재는 침착했다.

단서를 얻었다. 그것이 과연 어떠한 의미를 지닐지는 모르지만 무작정 찾기 위해 헤매는 것보다는 오히려 한결 수월한 상황이 된 것이다.

설무린은 잘해주고 있다.

중원에서 이목을 끌면서도 북해빙궁을 뒤집으려는 세력들의 꼬리를 하나씩 잡아주고 있다.

이 상태로 간다면 머지않아 그 세력의 실체를 찾아낼 수 있을지도 모른다. 야율초재 나름대로 움직이기는 하겠지만 역시 설무린의 역할이 중요하다.

야율초재는 자신의 집무실을 향해 당당히 발걸음을 옮기며 속으로 중얼거렸다.

'소궁주님의 두 어깨에 북해빙궁의 앞날이 달렸습니다.'

야율초재는 설무린을 믿는다.

*   *   *

금룡무관 관주인 위공탁의 비밀동굴에 노인 하나가 선 채로 주변을 두리번거리고 있었다.

얼굴 잔뜩 곰팡이가 핀 노인이다.

얼굴만으로 본다면 백 세는 훌쩍 넘었을 법할 정도로 나이가 들어 보였다.

그런 노인의 얼굴이 말로 표현하기 힘들 정도로 험상궂게 굳어져 있었다.

부들부들 떠는 두 손과 안면의 근육들이 지금 노인이 얼마나 분노하고 있는지를 말해주는 듯했다.

'이, 이게 대체 무슨……'

약속된 날이 되었음에도 연락이 되지 않아 비밀리에 찾아왔던 노인은 믿을 수 없는 광경을 보게 됐다.

죽어서 쓰러져 있는 수많은 아이들과 두 노인. 그리고 금룡무관의 관주였던 위공탁의 시신까지.

대체 어찌 된 영문인지 알 수가 없다.

왜 이들이 이곳에서 죽어 있단 말인가.

노인은 급히 비밀 동굴을 돌아다니며 뭔가 단서라도 찾으려 했지만 아무런 증거도 보이지 않았다.

'증거! 증거가 없다!'

뭔가 격렬했던 싸움의 흔적조차 제대로 보이지 않는다. 그만큼 일방적인 싸움이 되었다는 소리인데…….

노인의 시선이 죽어 쓰러져 있는 세 사람에게로 향했다.

죽어 있는 시신에는 수많은 증거가 남는다. 상대가 어떠한 병기를 쓰는지 어떠한 수법으로 죽였는지 등등. 셀 수 없이 많은 단서들을 찾을 수도 있다.

노인은 먼저 혈왕도와 흑비일살을 살폈다.

깔끔하고 날카로운 상처.

'쾌검수야. 지독하게도 빠르군. 혈왕도는… 자기가 죽는지도 몰랐을 거야.'

놀라운 일이다.

비록 혈왕도가 절정고수는 아니라 하지만 결코 무림에서 그를 얕잡아볼 인물은 없었다. 그런 혈왕도가 죽음을 감지하지도 못할 정도였다면 상대의 실력은 능히 절정의 수준에 들어선 자라는 소리다.

흑비일살은 팔 한쪽까지 완전히 비틀려진 상태.

그렇지만 사인은 혈왕도와 마찬가지였다.

'한 명에게 당했군. 그리고 주변에 있는 족적을 보아하니…… 여인에게 당한 건가?'

주변에 남아 있는 족적의 일부가 무척이나 작았다. 이 정도로 작은 발의 남자가 있을 수도 있지만 그보다도 여자일 공산이 크다.

'계집 중에 혈왕도와 흑비일살을 동시에 상대할 수 있는 자라면 누가 있을꼬.'

몇몇 여자 고수들이 떠오르기는 했지만 이내 노인은 고개를 저었다.

그들의 행방 대부분을 알고 있는 노인이다. 이 근방에 그 정도의 여자 고수는 없었다.

단서를 찾기는 했는데 오히려 머리를 복잡하게 만들었다.

노인은 천천히 위공탁에게로 다가갔다. 다른 시체와는 다르게 다소 처참한 죽음을 맞이한 그다.

"흐음?"

뭔가 시신에서 이상한 점을 발견한 노인이 갑자기 몸을 숙여 위공탁의 시신을 만지작거리기 시작했다.

'몸이 이상할 정도로 단단하단 말이야?'

시체를 서슴없이 만지작거리던 노인이 구멍이 뚫린 가슴에 손을 가져다 댔다.

그리고,

"이, 이건!"

한기가 느껴진다.

죽은 지 하루 이상은 족히 지났을 터인데 아직까지도 시신에 조금이나마 무공에 의한 한기가 남아서 돌고 있다. 보통의 음기를 지닌 무공에 당한다고 해도 이 정도로 오랫동안 한기를 품지는 않는다.

'한기가 이토록 오래 남다니…… 그런 무공이 무엇이 있을꼬……?'

순간 어떠한 생각이 퍼뜩 머리를 스치고 지나갔다.

노인이 나지막이 중얼거렸다.

"북해…… 소궁주."

운이 좋았다.

만약 하루만 늦게 찾아왔더라면, 아니, 하루가 아니라 두 시진만 늦게 왔더라도 이 한기를 시신이 풍겨내는 수준의 것이라 생각했을 게다.

노인이 어처구니없다는 듯이 웃음을 터뜨렸다.

"하하, 하하하! 이런 이런 꼼짝없이 당했군! 북해 소궁주에게 완벽하게 속았어. 하하!"

북해빙궁의 소궁주인 설무린이 중원에 나왔다.

처음엔 나름 경계하기도 했지만 설무린은 배필감을 찾아다녔을 뿐이었다.

그 모습에 속았다.

아니, 설령 그러한 모습을 보이지 않았다 해도 꼬리를 잡았을 거라는 생각은 하지도 못했을 게다.

설무린……. 자신들의 정체를 어느 정도 알고 있는 게 분명하다.

"눈을 속인 채로 사실은 우리들을 뒤쫓고 있었다 이건가? 감히 그런 애송이가 나를 속이고 말이야!"

그르르릉!

버럭 외치는 소리와 함께 노인의 몸에서 거대한 힘이 서서히 흘러나왔다. 그러자 동굴은 그 힘을 버티지 못하고 조금씩 울기 시작했다.

노인이 잔인한 미소를 지었다.

가뜩이나 흉한 몰골에 그 같은 미소를 머금자 지옥에서 올라온 흉신(凶神)과도 같아 보였다.

"크크! 감쪽같이 속고 있었군, 아직 삼십도 채 안 된 그런 애송이 놈에게. 궁주님을 비롯해 우리 삼회주(三會主)들이 전부 말이야. 재미있어, 아주 재미있어졌어."

노인이 몸을 돌렸다.

그리고는 천천히 무너져 내리려는 동굴을 뒤로하고 걷기 시작했다.

잔인한 미소를 머금은 입이 꿈틀거렸다.

"감히 인회(人會)의 주인인 나를 속인 대가를 치르게 해주지. 이제부터 우리 인회는 네놈의 뒤를 쫓을 게야. 기다려라, 북해 소궁주!"

第五章

추살령(追殺令)

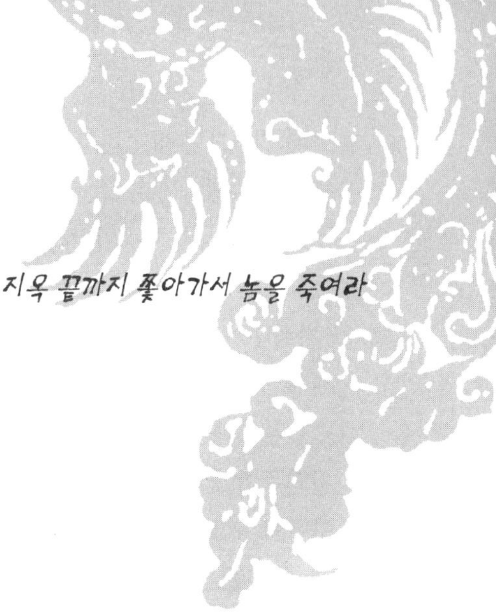

서역 남목림에 감추어져 있는 비밀의 궁전.

그리고 그 궁전 가장 깊숙한 곳에 중대한 이야기를 하기 위해 셋이 모였다.

긴 휘장 속에 있는 사내는 반쯤 누운 자세로 앉아 있었다. 휘장 때문에 여전히 모습이 보이지 않는 그다.

뒤늦게 이곳에 도착한 적운강이 막 휘장 건너의 사내에게 예를 취한 후에 조심스럽게 자리에 앉았다.

갑작스러운 호출에 급히 이곳까지 달려온 태양궁주 적운강이다.

적운강은 무엇인가 알고 있을까 해서 슬쩍 천회주의 눈치를 살폈다. 그렇지만 천회주 또한 아무런 것도 모르는지 이 부름에 의아해하는 표정이었다.

천회주조차 모르는 일이라면 무슨 일인지 짐작도 가지 않는다.

"지회주가 왔으니 슬슬 이야기를 시작해 보지."

휘장 너머에서 흘러나온 사내의 목소리에는 무게가 있었다.

천회주인 노인과 지회주 적운강이 가만히 고개를 숙였다. 무엇인지 모르지만 궁주가 이토록 부른 것을 보아하니 무엇인가 일이 벌어진 건 분명하다.

"내가 둘을 이토록 부른 건 인회주의 연락 때문이다."

휘장 너머 궁주의 목소리가 갑자기 멈추었다. 그리고 잠시 뜸을 들이던 궁주가 입을 열었다.

"금룡무관의 비밀 장소가 발각됐고 그곳에 있던 셋 모두 죽었다는군."

"허어! 그런 일이……."

"정말입니까?"

놀란 둘이 동시에 입을 열었고, 기다렸다는 듯 휘장 건너에서 궁주의 목소리가 흘러나왔다.

"누구일 것 같더냐? 천회주, 대답해 보라."

"그것이……."

갑자기 자신에게 누구냐고 물어오자 천회주는 대답을 찾

지 못하고 말을 끌었다. 그도 그럴 것이 딱히 누구라고 생각이 나지 않아서이다.

자신들은 베일에 싸인 세력이다.

무림에 제대로 모습을 보인 적도 없기에 그 누구도 자신들의 존재를 알지 못한다고 자부하고 있는 상황이다.

꼬리조차 보이지 않았거늘, 어찌 몸통을 찾아낼 수 있단 말인가.

천회주가 대답하지 못하자 이번엔 궁주가 지회주를 향해 물었다.

"지회주, 너는 알겠는가?"

"잘 모르겠습니다. 하지만 저희 궁은 아직 세상에 모습을 보이지도 않았거늘 어찌 그리된 것인지 모르겠습니다. 제가 봤을 때는 우연히 그리된 것 같은데……."

"우연?"

궁주가 말을 잘랐다.

나름대로 정황을 따져 제대로 말을 하고 있다 생각했던 적운강은 미묘하게 올라간 궁주의 말꼬리에 일순 입을 닫아버렸다.

무엇인가가 있다.

그렇지 않고서야 궁주가 이토록 질문을 던지지도 않았을 게다.

천회주 또한 적운강과 마찬가지 생각이었다. 누군가가 우연치 않게 금룡무관의 그 비밀 장소를 발견했다고 생각하고 있던 차다.

그런데…….

궁주가 차갑게 말했다.

"그 누구의 정체가 북해 소궁주라면? 그래도 우연이라고 말할 테냐?"

"……!"

놀란 적운강이 눈을 크게 치떴다.

북해 소궁주라니?

설무린을 이야기하는 것이 아닌가.

놀란 것은 비단 적운강뿐만이 아니었다.

반대편에 앉아 있던 천회주가 속내를 감추지 못하고 궁주에게 물었다.

"그 금룡무관의 비밀 장소를 부순 것이 북해 소궁주입니까? 설마 그런 일이…….".

"그 설마라는 안이한 생각에 우리 궁이 얼마나 큰 피해를 입었는지 알고 있느냐!"

커다란 굉음(轟音)이 터져 나왔다.

대청을 쩌렁쩌렁 울리는 소리에 건물이 비명을 지르는 것처럼 흔들렸다.

표현하기 힘들 정도의 어마어마한 내공이 사방으로 요동치기 시작했다. 온 건물이 당장이라도 무너질 것만 같다.

천회주와 지회주 모두 절로 고개를 땅에 박았다.

"뭐라 했더냐, 천회주! 내가 신경 쓰지 않아도 될 정도의 피라미라고? 그런 피라미가 내 수족들을 자르고 다니는 건 어떻게 설명할 것이냐?"

"죄송합니다."

천회주는 다른 어떠한 말도 할 수 없었다.

쏟아지는 살기는 제아무리 천회주라고 해도 버틸 수 없을 정도로 무거웠다.

그리고 이내 화살은 지회주 적운강에게 돌아갔다.

"북해빙궁의 일은 지회주 자네에게 맡겼지. 기억하는가? 그런데…… 이따위로 할 테냐? 네놈은 목숨이 몇 개는 되는 모양이지?"

"아, 아닙니다."

땅에 머리를 처박은 채 적운강은 고개조차 들지 못했다.

지금 고개를 들면 당장이라도 목 위에 있는 머리가 날아갈 것만 같은 두려움이 온몸을 휘젓는다.

저 사내라면… 능히 그럴 수 있다는 걸 잘 알기에 두려움은 더했다.

"처음부터 우연이 아니었어. 그 북해 소궁주라는 놈에게 꼼짝없이 내가 당할 줄이야……. 그런 아직 채 젖비린내도 가시지 않는 애송이한테 말이야! 벽력궁(霹靂宮)의 주인인 바로 나 뇌운성(雷雲星)이!"

휘장 너머에 있던 사내의 입에서 터져 나온 말은 무척이나 놀라운 것이었다.

다름 아닌 바로 벽력궁이라는 이름 때문이다.

벽력궁(霹靂宮).

현재 무림에는 새외 세력으로 꼽는 것은 세 곳이다.

북해의 북해빙궁, 남만의 야수궁, 서역의 태양궁이다. 하지만 그것은 지금의 이야기다.

오래전, 그러니까 대략 삼십여 년 전에는 새외삼궁이 아닌 새외사궁이었다.

네 개의 새외의 세력.

그중에서 가장 강한 힘을 지녔던 곳이 바로 벽력궁이다.

그리고 태양궁은 거의 벽력궁의 수족이나 다름없을 정도였다. 같은 서역을 기반으로 활동했지만 태양궁의 힘은 벽력궁에 미치지 못했다.

벽력궁은 새외사궁 중에서 가장 강했지만 그들은 흉포했다.

그들은 안하무인이었고, 자신들의 강함을 내세워 세상을 시끄럽게 만들곤 했다.

중원에서조차 그들의 횡포에 치를 떨며 싸움을 준비할 정도였다. 하지만 벽력궁의 힘이 워낙 강했기에 중원 또한 쉽사리 싸움을 걸지 못하던 차였다.

북해빙궁이 일어났다.

결코 식지 않는 차가운 북해의 바람이 매섭게 벽력궁으로 휘몰아쳤다.

그게 다가 아니었다.

북해빙궁이 움직이자 기다렸다는 듯이 야수궁도 움직였다.

위와 아래, 양쪽에서 북해빙궁과 야수궁은 매섭게 벽력궁을 휘몰아쳤다. 말로 표현하기 힘들 정도로 커다란 싸움이 벌어졌다.

싸움은 오래됐고 많은 이들이 피를 흘렸다.

그렇지만 제아무리 벽력궁이라 할지라도 새외사궁의 다른 두 곳의 힘을 감당해 내지 못했다. 어떻게든 태양궁의 힘을 끌어들이려 했던 벽력궁이지만 그것 또한 막혀 버렸다.

태양궁과 벽력궁이 이어질 수 있는 길을 무림맹이 나서서 막아버렸던 것이다.

완전히 고립된 벽력궁은 결국 무너져 버렸다. 뇌신(雷神)을 모신다는 벽력궁의 비참한 최후였다. 그렇게 벽력궁은 무너진 것으로 알려졌다.

하지만…….

벽력궁의 핏줄을 이은 자가 모두 죽은 것이 아니었다.

단 한 명, 뇌운성이 살아남았던 것이다.

바로 그 뇌운성과 함께 몇몇 살아남은 자들이 함께 모습을 감췄다.

그리고 다른 이들이 모르는 일이 하나 있었다. 싸움이 벌어지기 전부터 태양궁의 수뇌부의 많은 자들이 이미 벽력궁의 인물들이 되어 있었다는 거다.

잠시 재정비를 한 벽력궁은 천천히 태양궁을 잠식해 들어가기 시작했다.

어렵지 않았다.

애초에 태양궁의 수뇌부들의 반수 정도가 벽력궁의 인물들.

태양궁을 뒤집는 건 시간이 다소 걸릴 뿐이었지 불가능하지 않았다.

태양궁주 적운강이 벽력궁의 주인인 뇌운성의 수하로 있는 것은 바로 그 탓이었다. 태양궁의 수뇌부들의 대부분은 이미 뇌운성의 수하가 되어버렸다.

힘이 있어야 했다.

복수를 하기 위해서는, 벽력궁이라는 이름을 다시 천하에 알리기 위해서는.

힘을 가지기 위해 오랜 시간이 흘렀다.

삼십 년이라는 시간이 흐른 지금에야 이렇게 복수의 칼날을 갈며 세상에 모습을 드러낼 준비를 하게 됐다.

그래서 마침내 때가 됐다고 생각했는데…….

"북해빙궁…… 북해빙궁!"

또다.

이번에도 북해빙궁이 사사건건 뇌운성의 앞길을 막는다.

벽력궁을 무너뜨린 가장 큰 장본인이 바로 북해빙궁이 아니던가.

그들이 움직이자 천하가 함께 움직였다.

분에 찬 뇌운성이 참지 못하고 휘장을 걷으며 걸어나왔다.

중년의 사내.

나이는 들었지만 아직까지도 준수하게 생긴 외모에, 날카로운 두 눈.

몸에서는 뇌신의 기운이 뿜어져 나왔다.

당장 모든 것을 녹여 버릴 것만 같은 힘이 사방으로 쏟아졌다.

뇌운성의 눈동자가 붉게 변했다.

벽력궁이 무너지는 것을 직접 두 눈으로 보며 피눈물을 뿌렸던 그다.

이제 그토록 고대하던 복수를 할 때가 왔는데 또 이렇게 시간이 지체되어 가고 있는 것이다.

그 탓에 참아왔던 한이 폭발해 버린 게다.

뇌운성의 눈이 살기로 번들거렸다.

“천회주! 인회주에게 전하라!”

“옙!”

공포를 이기기 위해서인지 천회주가 자신도 모르게 크게 답했다. 뇌운성은 여전히 살기 가득한 눈으로 정면을 쏘아보며 명령을 내렸다.

"인회의 모든 힘을 사용해도 좋으니 북해소궁주를 반드시 죽이라고! 얼마나 큰 피해를 입어도 상관없다고 말이야! 나 벽력궁의 궁주 뇌운성, 인회주에게 추살령(追殺令)을 허락한 다!"

"명 받들겠습니다."

"반드시, 반드시 죽인다. 북해빙궁의 놈들은 단 하나도 살리지 않을 것이야. 북해빙궁만큼은 반드시……!"

피에 젖은 뇌운성의 외침이 벽력궁을 쩌렁쩌렁 울리게 했다.

삼십여 년 전 세상을 시끄럽게 하다 사라졌던 벽력궁이 다시금 세상에 모습을 드러내려 하고 있었다.

자리를 비웠던 적운강이 태양궁으로 돌아왔다.

태양궁으로 돌아온 적운강은 곱지 않은 표정으로 자신의 집무실에 들어갔다.

벽력궁과 태양궁의 거리가 제법 있어 며칠은 걸리는 거리.

그렇지만 그곳에서 있었던 일이 아직도 적운강의 신경을 건드리고 있다.

예민하게 앉아 있던 적운강의 눈에 책상 한 구석에 있는 북해빙궁에 대한 정보들이 눈에 들어왔다.

'북해빙궁, 북해빙궁…….'

듣기만 해도 치가 떨린다.

가만히 앉아 있던 적운강의 화가 터져 나왔다.

자리에서 벌떡 일어난 적운강은 그대로 서재에 있는 책들을 전부 손으로 땅으로 쓸어 내렸다.

"으아아!"

수십 권에 달하는 책들이 그대로 땅으로 떨어지며 요란한 소리를 냈다. 그러고도 화가 풀리지 않은 적운강은 거칠게 숨을 몰아쉬었다.

'아비로 모자라 이제 아들놈까지 날 이토록 모욕을 당하게 하다니!'

벽력궁주와의 회담이 끝나고 천회주에게 굴욕을 당했다.

천회주는 조롱 섞인 말로 북해빙궁을 담당하면서 그것밖에 못하냐며 깔보는 투로 이야기했다. 마음 같아서는 네놈이나 다를 게 뭐냐고 소리치고 싶었지만 천회주는 지회주인 적운강보다 높은 위치에 있다.

분하지만 참을 수밖에 없었다.

'망할 영감 같으니라고! 내가 언제까지 이런 굴욕을 당할 거라고 생각하느냐! 반드시 갚아주고야 말겠다!'

이를 갈며 적운강은 천회주를 떠올렸다. 당장이라도 짓이겨 놓고 싶은 자다. 하지만 어쩔 수 없이 참아야만 하는 것이 바로 현실이다.

분하지만 아직은 때가 아니다.

적운강이 자리에 앉았다.

그의 두 눈이 점점 깊게 어둠에 물들어간다. 아주 오래전의 기억, 그것이 시간이 흐른 지금에도 적운강을 계속해서 괴롭게 했다.

'…내가 우습겠지, 설군표. 하지만 끝내 웃는 자는 바로 내가 될 것이다.'

십 년 전.

사건이 하나 벌어졌었다.

어찌 본다면 그것은 그리 큰 싸움으로 번지지 않을 수도 있었다.

적운강의 자식인 적사문이 설무린을 거의 죽을 정도로 두드려 팼던 사건이다.

큰 사건임은 분명하지만 사죄를 했다면 그 정도로 큰 싸움으로 번지지는 않았을 게다. 태양궁은 아무렇지 않게 의원을 불러주었을 뿐이었고, 그에 설군표는 노해 단신으로 쳐들어왔던 것이다.

세간에는 알려져 있다.

야수궁주가 말리지 않았다면 북해빙궁주와 태양궁주가 손속을 겨루게 되었을 거라고.

하지만…… 사실이 아니다.

"큭! 크크큭!"

북해빙궁주와 태양궁주는 손속을 겨루었다. 본 이는 몇 없지만 그것은 감출 수 없는 진실이다.

비록 속내를 알기는 힘든 자였지만 평소 유순해 보이던 설군표를 내심 얕봤던 건 당연했다. 그랬기에 태양궁을 시끄럽게 만들고 달려오는 설군표를 내심 혼쭐을 한번 내주려고 했었던 것이다.

그런데 결과는 극명하게 달랐다.

힘의 차이가 압도적이었다.

싸우던 중에 너무나 놀라 살기 위해 땅바닥을 데굴데굴 굴렀다.

급이 달랐던 것이다.

설군표는 적운강으로서는 결코 감당할 수 없을 정도의 인물이었던 것이다.

만약 야수궁주가 말리지 않았다면 적운강은 그때 설군표의 손에 죽었을지도 모른다.

아니, 분명 그렇게 됐을 게다.

그날의 수치…… 뼛속 깊숙이까지 스며들어 단 한시도 적운강의 머리에서 떠나지 않는다.

처음엔 그날의 수모를 갚기 위해 미친 듯이 무공에 빠지기도 했다. 언젠가는 반드시 이기고 말리라 쉬지 않고 중얼거려도 봤다.

하지만 설군표를 보게 될 때마다 절로 위축되는 자신을 보며 적운강은 다시 한 번 치욕스러움을 느껴야만 했다. 적운강

자신이 아무리 강해져도 설군표만큼은 이길 수 없을 거라는 생각이 머리에 가득하게 됐다.

그날 느꼈던 공포는 그만큼 적운강에게는 너무나 컸기 때문이다.

그랬기에 적운강은 더욱 쉽게 벽력궁에 자신의 모든 것을 주었다. 그들이 약조하였기 때문이다. 새외삼궁의 지역 모두를 적운강의 손에 쥐어주겠다고.

벽력궁이 원하는 것은 중원, 새외의 절대자가 되게 해주겠다고 했다.

이기고 싶었다.

설군표만큼은 어떻게든 이겨야만 적운강 자신이 살아갈 수 있을 것만 같았다. 혼자서 할 수 없다면 다른 이의 힘이라도 빌리고야 말 것이다.

벽력궁의 힘을 업고서라도 반드시!

의자에 앉은 채로 고개를 숙이고 있던 적운강이 나지막이 중얼거렸다.

"나는 반드시 새외의 주인이 될 것이다……."

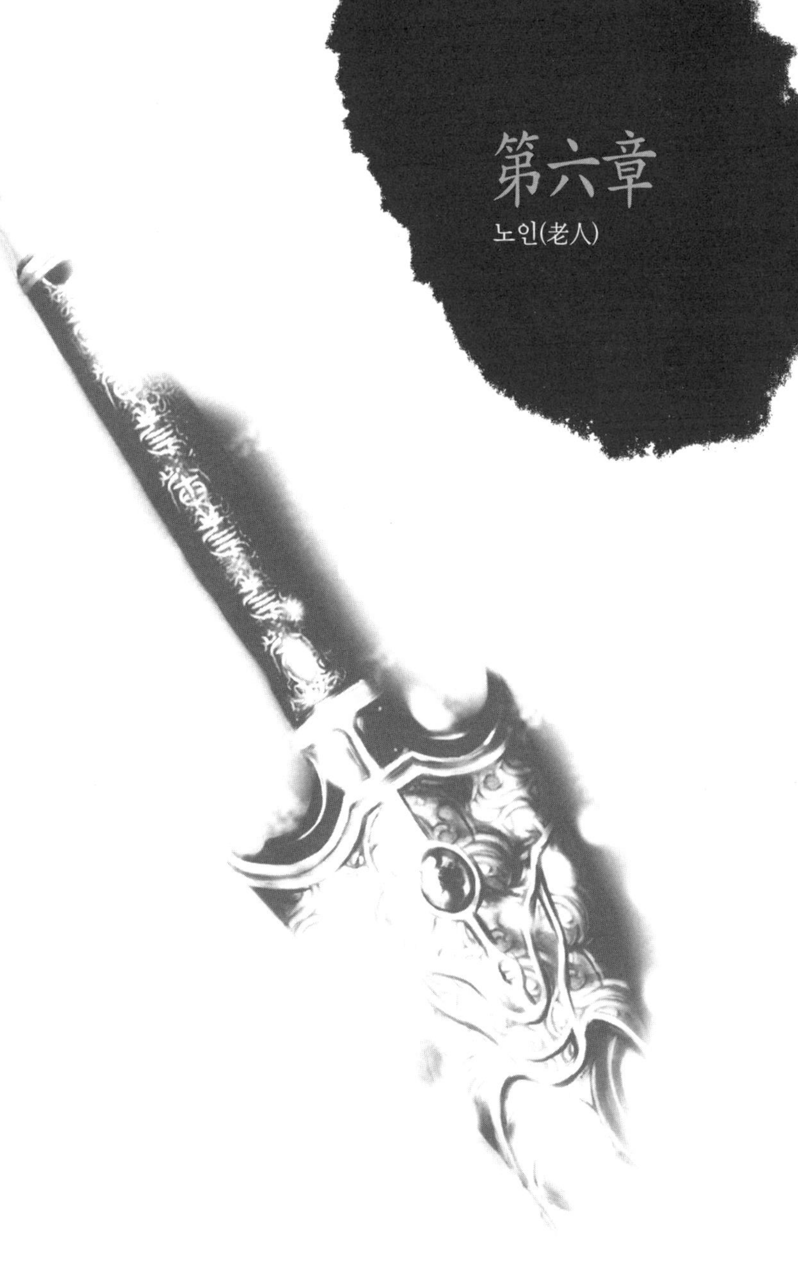

第六章

노인(老人)

설무린과 북설은 호남성에 도착할 때까지 쉬지 않고 움직였다. 가야 할 길이 아직도 멀었기에 둘의 발걸음은 멈출 줄을 몰랐다.

그토록 쉬지 않고 움직이던 둘이 멈춘 곳은 바로 호남성의 장사(長沙)였다.

굳이 사람 많은 이곳에 들른 것은 다름 아니라 야율초재의 연락을 받기 위해서였다.

중원을 살피기 위해 북해빙궁에서 보낸 자들이 이곳 장사에 있다.

비록 중원의 일에 크게 관여하지 않는 북해빙궁이라 하지만 무슨 일이 있는지 정도는 알고 있어야 하지 않겠는가. 그랬기에 온 중원으로 북해빙궁의 무인들이 비밀리에 모습을 감춘 채로 살고 있다.

그리고 개중 이곳 장사는 호남성의 정보를 담당하는 북해빙궁의 비밀 거점이 있는 장소다.

장사는 호남성에서 가장 큰 도시 중 하나답게 많은 사람들로 북적거렸다.

그리고 그 크기 또한 절로 입이 벌어질 정도였다. 많은 사람들 틈에 섞인 채로 설무린과 북설은 북해빙궁의 비밀 거점을 찾기 위해 움직였다.

사전에 대충 위치를 듣기는 했지만 정확한 곳을 몰랐기에 설무린은 근방에 있는 아무 가게에나 들어가 물었다.

"양씨네 포목점(布木店)이 어딘지 아십니까?"

"거 이쪽으로 좀만 가면 있수다."

워낙 바쁜 탓인지 가게 주인은 설무린을 보지도 않고 대충 손가락으로 방향을 가리켰다.

가게에서 나온 설무린은 북설과 함께 가게 주인이 가르쳐 주었던 방향을 따라 움직였다. 그리고 얼마 걷지 않아 찾고 있던 포목점을 발견할 수 있었다.

설무린이 포목점을 바라보며 고개를 끄덕이며 북설과 함께 안으로 들어섰다.

포목점 안은 손님 두엇이 무엇을 찾고 있을 뿐 그리 바빠 보이지 않았다.

포목점 주인으로 보이는 사내가 설무린과 북설에게 다가왔다.

"무얼 찾으시는지……."

"맡겨둔 것을 찾으러 왔습니다."

"아, 성함이?"

"설무린이라고 합니다."

설무린이 자신의 이름을 밝히는 순간 포목점 주인이 급히 반쯤 고개를 숙였다. 그러더니 이내 태연하게 책을 찾는 시늉을 하기 시작했다.

"흐음…… 어디 있나. 아! 그것들은 안쪽에 있습니다. 물건을 확인하셔야 할 테니 절 따라오시지요. 이놈아, 농땡이 말고 가게 좀 보고 있거라!"

포목점의 주인은 옆에 있는 다소 살집이 있어 보이는 청년에게 호통을 치고는 발걸음을 옮겼다.

포목점의 뒷문을 이용해 바깥으로 나간 주인은 바삐 발을 움직였다.

설무린과 북설은 그런 그의 뒤를 말없이 쫓기만 했다.

잠시 걷던 포목점 주인은 창고 앞에서 멈추어 섰다.

슬쩍 주변을 한 번 살핀 그가 문을 열며 고개를 숙였다.

"안으로 드시지요."

창고 안은 화섭자 덕분에 그리 어둡지는 않았다. 포목점에

쓰일 물건들이 가득한 창고 한 구석으로 사내가 걸어가더니 이내 벽에 있는 쪽문을 열었다.

"조금만 걸어가시면 되실 겁니다. 제 소관은 여기까지라 이만 물러나겠습니다, 소궁주님."

말을 마친 포목점의 주인은 창고의 문을 열고 그대로 사라졌다.

조그마한 쪽문은 바깥과 이어지기는 했지만 외길이었고, 지나가는 사람 하나 없는 조그마한 통로였다.

설무린은 긴 통로를 보며 휘파람을 불었다.

"이곳, 제법인데 그래?"

여태까지 중원에 있는 북해빙궁의 비밀 거점 몇 곳을 가보기는 했지만 이처럼 비밀스러웠던 곳은 없다. 그만큼 이곳이 중요한 거점이라는 걸 의미했다.

설무린은 거칠 것 없이 쪽문을 나서서 외진 길을 걸었다.

이 길의 끝에는 설무린이 찾고 있는 북해빙궁의 비밀 거점이 있을 것이다.

그리고 포목점 주인이 말했던 대로 얼마 걷지 않아 외길의 끝이 보이기 시작했다.

외길의 끝에 있는 조그마한 문을 열고 들어서자 안은 거대한 장원이었다.

장원에 들어서는 순간 노인 하나가 앞에 서서 둘을 맞이했다.

노인이 설무린을 향해 포권을 취하며 입을 열었다.

"소궁주님을 뵙습니다."

"음……!"

설무린은 자신에게 예를 취하는 노인의 모습에 움찔하더니 이내 허탈하다는 듯이 웃음을 터뜨렸다. 우습게도 이 노인은 설무린이 아주 잘 아는 자였다.

설무린이 놀랐다는 듯이 말을 걸었다.

"오랜만이군요. 궁에서 안 보이신다 했더니 이런 곳에 계셨었군요."

"껄껄! 궁에 박혀 있는 것이 하도 답답하여 이곳으로 나왔지요. 이거 못 보는 사이에 어엿한 사내대장부가 다 되셨습니다! 마지막으로 뵌 것이 궁을 나오기 전이니 오 년은 더 되었겠군요."

"호 노야께서는 변한 게 없군요. 오히려 더 젊어지신 것 같기도 하고…… 세월을 거꾸로 지내시나 봅니다?"

"거짓말이라도 듣기 좋군요. 하하!"

정말로 즐겁다는 듯이 크게 웃음을 터뜨리는 노인의 정체는 바로 호일평(胡一平)이라 불리는 설군표의 측근 중 하나였던 자다.

비밀스럽게 움직이는 역할이었기에 북해빙궁 내에서도 그리 얼굴이 알려지지 않았지만 설무린과는 제법 가까운 사이를 유지했던 노인이다.

무공도 빼어나고, 머리가 비상하여 북해빙궁 내에서 중요한 임무를 수행하던 자였다.

잠시 호일평과 담소를 나누던 설무린은 퍼뜩 무엇인가 생각났는지 옆에 있는 북설을 바라보며 말했다.

"호일평이라고 내가 호 노야라고 부르는 분이다. 그리고 이쪽은 제 그림자무사입니다. 북설이라고 하지요."

"허어, 아리따운 처자로군요."

호일평이 북설을 바라봤다.

비록 입으로는 북설의 미모를 칭찬하고 있지만 호일평은 찰나에 그녀의 위아래를 살폈다. 얼마나 단련되어 있는지, 설무린의 옆에 있는 것이 부족하지 않은지 확인이라도 하려는 듯이 말이다.

북설이 호일평을 향해 짧게 인사를 건넸다.

"북설이라고 합니다."

"젊은 소저가 고생이 많구먼. 그림자무사라는 것이 결코 쉬운 일이 아닐 터인데……."

"제가 원해서 걷는 것입니다."

"허허, 그런가?"

단호하게 잘라서 말하는 어투에서 북설의 의지를 느낀 호일평이기에 그저 인자한 미소를 지어 보였다. 유약해 보이는 겉모습을 지닌 북설이었지만 호일평 같은 고수라면 그것이 전부가 아님을 잘 알고 있다.

‘훈련이 잘되어 있어. 잘 다듬어진 칼날 같군……’

호일평은 북설이 마음에 들었다.

설무린의 옆에 그림자무사가 있다는 말은 들었지만 내심 어느 정도의 인물일까 궁금하던 차다.

젊은 여인이라는 말만 들었을 때는 썩 호일평의 마음에 들지 않았다.

지금은 제법 강단있어 보여 마음에 들기는 하지만 한 가지 걸리는 것이 있다.

그림자무사의 가장 주요한 임무는 주인을 위해 죽는 것이다.

제아무리 역용술이 빼어나도 할지라도 사내로 변하는 것은 여인에게 쉬운 일이 아니다.

호일평이 북설을 향해 말했다.

“소저, 딱 하나 부탁이 있는데…….”

“말씀하시지요.”

“그림자무사라면 역용술이 빼어나야 하는데 한 번 보고 싶어서 그러네. 내 모습으로 변할 수 있겠는가?”

북설이 말없이 설무린을 바라봤다.

명을 따라도 되겠냐는 뜻. 설무린은 괜찮다는 듯이 고개를 끄덕였다.

살짝 눈을 감았던 북설이 이내 한 걸음 앞으로 발을 내딛었다. 그리고 또다시 한 걸음을 내딛었을 때 북설을 바라보던 호일평은 절로 입이 벌어졌다.

보보(步步)를 내딛을 때마다 북설의 모습이 사라지고 점점 그곳에는 호일평 자신이 나타났다.

그리고 일곱 걸음을 걷는 순간 이미 그곳에 북설은 없었다.

아무런 말도 하지 못하고 자신과 똑같은 모습의 북설을 바라보던 호일평이 두 눈을 크게 뜨고 허탈한 웃음을 지었다.

"허허허! 이거야 원, 내가 봐도 감쪽같으니…… 대단하군!"

"칭찬 감사합니다."

흘러나온 목소리를 듣고 호일평은 재차 감탄했다.

목소리마저 자신의 것과 전혀 다를 것 없이 똑같이 변해 있는 상태다. 이 정도라면 자신의 측근들이라고 해도 속을 것이 분명하다.

수도 없이 역용술을 펼치는 것을 봐왔지만 이토록 감탄한 적이 과연 있었던가?

가만히 보고 있던 설무린이 갑자기 박수를 쳤다.

"많이 늘었네?"

"과찬이십니다."

실제로 설무린 앞에서 역용술을 펼쳤을 때도 북설은 열 보를 걷고서야 역용에 성공했었다.

북해의 무공인 흑영칠보역용술.

칠보를 걷는 동안 완벽하게 역용을 할 수 있는 역용술이다. 처음에는 십이 보가 걸렸거늘, 이제는 북해처럼 일곱 걸음으로 완벽한 역용이 가능하게 됐다.

호일평이 쑥스럽다는 듯이 머리를 긁적거렸다.

"거참, 한 번 시험을 해보기 위해 역용술을 펼쳐 보라고 한 것이 부끄러울 정도일세. 어린 나이이거늘 대단한 능력이야."

"후후, 피는 못 속이는 모양입니다. 부친의 재능을 아주 빼다 박았더군요."

"저 소저의 부친이 누구신데……."

"아, 호 노야는 아실 수도 있겠군요. 저희 아버지 옆에서 오래 계셨으니까요. 설이는 북해의 딸입니다."

"부, 북해라고요? 맙소사!"

호일평이 놀라 버럭 소리를 지르며 북설을 바라봤다.

방금 전에 감탄했던 눈과는 또 사뭇 다른 시선이다. 북설을 바라보며 호일평은 혼잣말처럼 중얼거리기 시작했다.

"후! 나이를 먹었더니 노망이 들었나…… 북설이라는 이름을 들었다면 응당 그를 떠올려야 했을 것을."

북해는 모습을 감추고 설군표의 그림자처럼 살았기에 실제로 그 모습을 본 이는 얼마 없다. 하지만 호일평 또한 설군표의 최측근 중 하나였던 인물.

호일평은 북해를 잘 알고 있다.

북해가 워낙 설군표를 제하고는 거의 대화를 단절했기에 많은 이야기를 나누지는 못했지만 그와 함께 임무를 수행한

횟수도 적지 않게 있다.

나이 차도 상당했지만 나름 지기라고 생각했던 사내.

그가 바로 북해였다.

호일평이 유쾌하게 웃음을 터뜨렸다.

"그 친구가 살아 있었군 그래. 하기야 쉽게 죽을 친구는 결코 아니었지. 하하! 북 소저, 나중에 아버지를 뵙게 되면 나와 술이나 한잔하자고 좀 전해주게. 오래전에 못다 했던 말들 지금에라도 다 나누고 싶다고 말이야."

"말씀드리지요."

"허허, 북해라…… 오랜만에 정겨운 이름을 들어서 그런지 왠지 모르게 들뜨는군요."

잊고 있었던 예전의 기억들이 즐거운지 호일평은 입가에 미소를 머금었다.

몇십 년이나 지난 일들이었지만 호일평에게는 어제 일마냥 아직도 생생하다.

그때 설무린이 물었다.

"그보다 야율께서 서찰을 보내셨습니까?"

"아, 며칠 전에 야율초재가 보낸 서찰을 받았지요. 소궁주님이 오실 거라는 말을 듣고 기다리고 있었는데 반가움에 젖어 잠시 임무를 잊었군요. 따라오시지요."

호일평은 몸을 돌려 건물 쪽으로 다가가며 계속해서 입을 놀렸다.

"이제 술은 제법 드십니까?"

"큭! 호 노야, 그 말은 그만 하시죠?"

그 말에 과거의 일이 생각났는지 설무린이 난처한 표정을 지어 보였다.

하지만 그런 설무린의 표정을 보면서도 아랑곳하지 않고 호일평이 놀리듯이 말을 이었다.

"열다섯 정도 되셨을 때였나? 그때 화주 한 동이 못 마시고 쓰러지시지 않으셨습니까."

"벌써 십 년은 넘게 지난 이야기로 놀리는 겁니까?"

"지금은 제법 느셨나 보군요. 아무리 느셨어도 절 상대로는 쉽지 않으실 터인데……. 껄껄!"

호일평은 호탕하게 웃으며 설무린을 따뜻하게 바라봤다.

어릴 적부터 지켜보던 어린아이가 늠름한 대장부가 되어 이곳에 섰다.

'궁주님의 사람 보시는 눈은 정확하셨습니다.'

설무린이 설군표의 친아들이 아님을 알고 있는 호일평이다, 어떻게 만났는지도.

정확한 사정은 모르는 호일평이지만 지금 북해빙궁의 사정이 안팎으로 좋지 않다는 것 정도는 야율초재에게 얼핏 들어서 알고만 있는 정도다.

그리고 그 일을 해결하기 위해 지금 설무린이 이렇게 중원에 나왔다는 것도.

나이를 먹어 이제는 어엿한 장부가 된 설무린의 모습에서 호일평은 왠지 모르게 설군표의 젊었을 적 모습이 보였다.

대견하다는 마음을 머금으며 호일평이 방 안에 들어섰다.

그리고 그는 탁자를 슬며시 밀고는 그 안에 있는 서찰을 꺼내서 설무린에게 건넸다.

"이것입니다, 소궁주님."

서찰을 건네받은 설무린은 급히 안의 내용을 살피기 위해 펼쳤다.

야율초재에게서 날아올 서찰을 기다렸거늘 내용은 너무나 의외였다.

'이것은……'

북해였다.

야율초재가 아닌 북해가 직접 보낸 서찰이다. 단 한 번도 북해가 직접 서찰을 보낸 적이 없었기에 설무린은 내심 무슨 일인가 하고 긴장했다.

서찰의 내용은 바로 오래전 북해빙궁과 사천당문 사이에서 있던 일에 대한 전말이었다.

아주 오래전 북해가 사랑에 빠져 사천당문의 여식과 함께 도망을 쳤다는 내용이었다. 그리고 그녀가 바로 북설의 어머니이기도 하다고.

그 탓에 사천당문은 북해빙궁이라면 이를 갈고 있다고 서찰에 적혀 있었다.

서찰의 내용을 다 읽은 설무린이 미간을 찌푸렸다.

'이게 무슨⋯⋯.'

사천당문과 어떠한 악연이 있는 것 같다고 생각은 했지만 이 정도일 줄은 상상도 하지 못했다.

다른 것도 아닌 딸을 잃은 것이라면 그 분노는 어마어마했을 터다.

설무린은 힐끔 뒤에 있는 북설을 바라봤다.

서찰에는 적혀 있었다. 이 같은 일을 북설은 아무런 것도 알지 못한다고 말이다.

'큰일이로군. 이걸 어떻게 해야 한다.'

곰곰이 생각에 잠겨 있는 설무린을 정신 차리게 한 것은 옆에 있던 호일평이었다. 설무린의 옆에 서 있던 호일평이 조심스레 물어왔다.

"무슨 문제라도 있으신 겁니까?"

"아, 아무것도 없습니다. 그냥 잠시 앞으로의 일을 생각하느라 정신을 놔버렸군요."

"별일없으시다니 다행입니다. 그럼 오늘은 이곳에서 푹 쉬고 이동하실 생각이시지요? 가능하면 오늘 정도는 이곳에서 쉬고 가셨으면 합니다만."

"어차피 오늘 이곳 장사에서 머물 생각이었죠. 왜요? 잠도 안 재우시고 술이라도 마시게 할 생각입니까?"

설무린의 장난기 어린 말에 호일평이 너털웃음을 터뜨렸다.

멋쩍다는 듯이 턱을 쓰다듬으며 호일평이 말을 이었다.

"속마음을 들켰군요. 제법 술이 생각나기는 했는데 같이 마실 이가 없어 한동안 잔을 기울이지 못했지요."

"뭐, 빼지는 않지요."

"호오."

호일평이 얼굴이 환하게 변했다.

물론 술이 생각나기도 했지만 무엇보다 오랜만에 만난 설무린과 밤새 이야기를 나눌 수 있다는 생각 때문이리라. 거기다가 북해의 딸인 북설…….

오늘 밤이 지루할 것 같지는 않다.

호일평은 오랜만에 만난 설무린을 환영하기 위해 사람을 시켜 수많은 안주들과 술을 준비했다.

술자리가 준비되었다기에 찾아간 설무린은 어마어마한 술의 양에 혀를 찼다.

몇 동이나 되는 커다란 술 항아리들.

거기다가 풍겨져 나오는 향이 보통 독한 것이 아니다. 순한 것도 아닌 지독하게도 독한 술들이 분명하다.

"이걸 다 마실 생각입니까?"

"벌써부터 겁이 나시는 모양입니다. 하핫!"

"호 노야는 나이가 들어서도 여전하시군요. 슬슬 술을 줄이실 때도 되지 않았습니까?"

"젊은 사람들하고 붙어도 절대 지지 않습니다. 아직 팔팔한 이팔청춘이지요."

"거참, 백발이 성성하신 분께서 이팔청춘이라니……."

"그거야 한번 붙어보시면 될 일 아닙니까."

호일평이 자리에 앉으며 말을 했다. 설무린이 앉았고, 북설 또한 그의 근처에 가서 앉았다.

호일평은 그대로 사발 하나씩 설무린과 북설에게 내밀었다.

질린다는 표정으로 설무린이 커다란 사발을 바라봤다.

"이걸로 마실 생각입니까?"

"그럼 조그마한 잔으로 깨작거려서 이 술동이들을 언제 끝냅니까. 이 정도는 돼야지요."

말을 마친 호일평은 항아리 하나를 한 손으로 들어 올려 설무린의 사발에 따랐다. 그리고 이내 호일평은 북설의 사발에도 술을 따르려 했다.

북설이 황급히 손을 저었다.

"술은 됐습니다."

"허허, 술을 못하시는가?"

"마셔본 적도 없지만 마실 생각도 없습니다. 저는 그림자 무사니까요."

북설이 단호하게 말했다.

호일평은 이해한다는 듯이 고개를 끄덕이고는 자신의 사

발에 술을 따르고는 항아리를 내려놓았다. 그가 빙긋 웃으며
설무린을 향해 말했다.

"소궁주님과 저 둘이 저 많은 술을 다 마셔야 할 겁니다."

"후우, 제법 술에 자신있다고 생각은 하지만 저 정도라면
걱정도 좀 되는군요."

"시작도 하기 전에 벌써 겁을 드신 겁니까?"

"후후! 주귀(酒鬼)라고도 불렸던 호 노야 아닙니까. 아무렇
지 않다면 거짓말이겠지요."

둘은 눈이 마주치자 가볍게 미소를 지으며 서로의 사발을
내밀었다. 그리고 둘의 술자리가 시작되었다.

술을 마시며 설무린이 슬쩍 북설을 바라봤다.

술에는 일체 손도 대지 않고 음식만 먹던 북설과 눈이 마주
쳤다. 설무린은 자연스럽게 시선을 돌리기는 했지만 속에 감
추는 것이 있어서 그런지 마음이 불편했다.

'말해주기는 해야겠는데…… 골치 아프군.'

쉬운 일이 아니다.

북해가 감추어왔던 일이다.

서찰에는 북설에게 이 같은 사실을 밝혀도 상관없다고 적
혀 있었다. 하지만 그 이야기를 듣는다면 북설의 마음이 어떨
지는 모르겠다.

'북설 핏줄의 반이 사천당문…….'

머릿속이 복잡했지만 설무린은 내색하지 않으려는 듯 계

속해서 호일평과 대화를 나눴다.

마음 한편이 편하지 않다.

북설에게 무엇인가 말하지 않는 것이 있다는 것이 못내 걸린다.

언젠가 결국 밝혀질 일이라는 건 안다. 알면서도 망설이는 것은 그 같은 일로 인해 북설이 혹여나 힘들어하지 않을까 걱정이 돼서다.

다른 누군가를 걱정하는 일에 익숙하지 않은 설무린이다.

하지만…… 걱정이 된다.

북해빙궁을 떠나 하루하루가 지날수록 북설은 설무린에게 점점 소중한 존재가 되어버렸다.

술을 마신 다음날 아침의 숙취는 무척이나 짜증이 난다.

지끈거리는 머리와 뒤집히는 속에 설무린 또한 그리 표정이 좋지 않았다.

거의 날을 새다시피 술을 마시고 두 시진 정도 잠자리에 들었던 것만 같다.

대충 씻고 밖에 나오자 언제나처럼 북설이 서서 설무린을 기다리고 있었다.

아직까지 아픈 머리를 꾹꾹 누르는 설무린을 보며 북설이 조심스레 물었다.

"괜찮으신지요."

“조금만 지나면 괜찮아질 게다. 하여튼 그 영감은 나이를 먹어놓고도 변한 것 하나 없군 그래.”

거의 칠순에 다다른 노인인데도 불구하고 쉬지 않고 부어대는 통에 설무린은 기가 질려 버렸다. 내공을 사용해서 주기(酒氣)를 날려 버린다면 얼마라도 마실 수 있는 노릇이지만 어제는 그럴 자리가 아니었다.

그나마 시간이 좀 지나니 정신을 차릴 만한지 설무린은 북설과 함께 호일평의 방으로 다가갔다.

방 앞에서 설무린이 가볍게 기척을 냈다.

“호 노야, 일어나 계십니까?”

“물론입니다. 안으로 드시지요.”

문을 열고 들어서자 호일평은 책상에 앉은 채로 설무린을 맞이했다. 자리에서 일어나며 호일평이 슬쩍 짓궂은 미소를 지어 보였다.

“괜찮으신지요?”

“그냥저냥 살 만은 합니다.”

“제법 많이 느셨더군요. 물론 저에게 도전하시기는 아직 멀었지만 말입니다. 하하!”

준비해 둔 술을 다 마셨음에도 호일평은 너무나 멀쩡했었다. 괜히 아는 사람들 사이에서 주귀라고 불린 것이 아니었다는 걸 다시 한 번 상기하게 할 정도였다.

새벽까지 이어진 술자리는 제법 즐거웠다.

그건 설무린이나 호일평이나 마찬가지였다. 앞에 두고 속내를 보여줄 수 있는 사람은 그리 많지 않다. 편한 술자리였기에 둘 모두 만족스러운 시간을 보낸 것이다.

평소처럼 가벼이 대화를 나누던 중 호일평이 웃음을 거두며 말했다.

"이제 떠나실 생각이군요."

"시간이 없어서 말이죠. 여유만 있다면 호 노야가 술이 약해질 때까지 기다렸다가 복수라도 하고 싶지만…… 여의치가 않군요."

"언젠가 그런 날이 오겠지요. 그때 편하게 한잔하러 오십시오."

"꼭 그리됐으면 좋겠군요. 후후!"

설무린이 나직하게 웃음을 흘리며 인사를 건넸다. 웃고는 있지만 마음속은 그리 가볍지 않다. 정말로 아무런 걱정 없이 이곳에 다시 나타나 호일평과 술이나 한잔 나눌 수 있는 날이 오길 빌 뿐이다.

호일평의 인사를 뒤로하고 설무린과 북설은 다시금 발을 옮겼다.

둘은 아무런 말도 없이 장사를 벗어나 목적지인 사천을 향해 움직였다.

장사에서 점점 멀어지며 주변에 북적거리던 사람들의 모습이 하나둘씩 사라지기 시작했다.

말 등에 올라탄 채 급히 움직이면서도 설무린의 머리는 복잡했다.

북설과 사천당문의 일 때문이다.

말을 해주긴 해줘야 된다는 걸 알고 있는데 딱히 그럴 기회를 잡지 못하고 있다. 어떻게 말을 꺼내야 할까 설무린은 망설이고 있는 것이다.

한참을 달리던 중 북설이 말을 멈췄다.

"워워."

뒤따르던 설무린 또한 말을 멈추고 앞을 바라봤다. 거대한 산 하나가 둘의 앞길을 막고 있었다.

설무린과 북설은 조용히 말에서 내려 짐을 어깨에 두르기 시작했다.

장사의 바로 옆에 있는 악록산은 제법 산세가 험한 곳이다. 거기에 지금 계절은 한겨울. 수많은 곳이 얼어붙어 말을 타고 이동하는 것은 무리다.

설무린은 잠시 주변을 둘러봤다.

아직 해가 지지는 않았지만 아무리 빨리 움직인다 할지라도 산에서 밤을 맞이해야 했다. 그렇지만 한시가 급하기도 했고, 이 정도의 추위가 북해 출신인 둘을 막을 수도 없었다.

둘은 간단한 짐을 챙긴 채로 말을 버려두고 악록산을 오르기 시작했다.

휘이잉!

차가운 바람이 살을 찢을 듯이 불어왔다. 절로 몸이 움츠러들게 할 정도의 추위였지만 설무린과 북설은 별반 표정의 변화도 없이 움직였다.

무인이고, 북해의 출신인 둘에게 이 정도 추위쯤이야 장난에 불과했다.

악록산(岳麓山)은 장사에서 무척이나 가까운 산이다. 악록산은 산의 유형이 기이하고, 봉우리도 무척이나 많아 장사의 천연병풍이 되어준다.

거기다가 악록산 제일 끝자락에 있는 자그마한 봉우리에는 악록서원(岳麓書院)이라는 유명한 곳이 있다.

설무린과 북설은 일반적으로 사람들이 타는 길과는 다른 길로 움직였다.

사람들이 자주 드나드는 길은 경사가 완만하고 길이 쉽기는 하지만 그만큼 오랜 시간이 소요된다.

그 탓에 호일평에게 지도를 구한 설무린과 북설은 가파른 길을 이용해 최대한 빠르게 악록산을 넘으려 하는 것이다.

둘 모두 빼어난 무인들이기에 하늘을 찌를 듯한 바위들도 어렵지 않게 뛰어넘으며 이동할 수 있었다.

겨울이라 가뜩이나 일찍 떨어지는 해이기에 산의 밤은 더더욱 빨리 찾아왔다. 그리고 산에서 맞는 밤의 추위는 결코 가볍지만은 않았다.

해가 지고도 한참을 움직이던 둘은 바람을 피할 만한 장소를 찾아서 일단 자리를 잡았다.

우선 주변에 젖지 않은 나무를 모아 불을 지핀 설무린과 북설은 준비해 온 간단한 음식으로 저녁식사를 대신했다. 말린 음식들이었기에 식사는 금방 끝났다.

불이 쉽게 꺼지지 않게 남은 나무들을 불에 던져 넣은 설무린이 먼저 자리에 누웠다.

자리에 누운 설무린이 뒤쪽에 있는 북설을 향해 말했다.

"두 시진 반 정도 숙면을 취하고 움직일 생각이야. 너도 좀 자두라고."

"알겠습니다."

설무린의 말을 듣고 나서 북설 또한 슬쩍 잠자리에 들기 위해 자리에 누웠다.

후우! 후우우!

매섭게 몰아치는 바람 소리만이 가득한 악록산이었다.

설무린과 북설이 잠이든 지 한 시진가량이 지났을 때다. 강하게 몰아치는 바람 소리와 함께 두 중년의 사내가 모습을 드러냈다.

그리고 그 뒤에는 다섯 명에 달하는 수하들이 뒤쫓고 있었다.

잘 훈련된 무인들답게 그들의 움직임은 전혀 군더더기 하나 없었다.

선두에 서서 걸어오던 중년인 중 하나가 손을 들어 올리며 멈추어 섰다. 뒤쫓던 수하들이 모두 멈추자 중년인은 등에 메고 있던 활을 꺼내어 들었다.

그리고는 그 활시위에 활 하나를 걸었다.

스윽.

줄이 팽팽하게 당겨지는 순간 화살이 바람을 가르며 어느 곳을 향해 쏘아졌다.

쒜엑!

화살은 바람을 피해 잠자리에 들어 있던 설무린에게로 향했다.

몸을 돌린 채로 자고 있던 설무린의 몸을 화살이 관통하려는 순간 그의 몸이 용수철처럼 튀어 올랐다.

동시에 반대편에서 자고 있던 북설이 빠르게 소매에 들어 있는 무엇인가를 뿌렸다.

촤라락!

활을 쏘았던 중년인은 반보 뒤로 물러나며 한 손으로 날아드는 것을 받아냈다.

날카로운 비수 하나가 중년인의 손에 걸렸다.

중년인은 비수를 받아내며 놀랍다는 듯이 북설을 바라봤다.

옆에 있던 또 다른 중년인 하나가 활을 쏘았던 그에게 조언하듯이 말했다.

"둘 모두 강하니 방심하셔서는 아니 됩니다."

"걱정은. 암혼지옥단(暗魂地獄團)을 얕보는 것이냐?"

"그건 아닙니다만……."

"시끄럽다, 이놈아. 네놈의 임무는 인회주에게 보고만 하
면 되는 것 아니더냐."

한 번 쏘아붙인 중년의 사내가 터벅터벅 서서히 꺼져 가는
불을 등지고 서 있는 설무린과 북설에게 다가가기 시작했다.
갑작스러운 기습에도 설무린과 북설은 당황하지 않고 서서
상대를 응시하고 있었다.

중년의 사내와 설무린, 북설과의 거리는 대략 오 장 정도
떨어져 있었다.

차가운 바람이 계속 휘몰아치며 대화하기 어려울 것 같았
지만 사내의 내공은 심후했다.

"북해의 소궁주인가."

"그렇기는 한데…… 좋은 연유로 찾아온 것 같지는 않아
보이는군요."

"좋은 연유로 찾아왔다면 대뜸 화살을 날리지는 않았겠
지."

당연하다는 듯이 웃으며 말하는 중년의 사내에게서는 여
유가 느껴졌다. 그 여유는 자신의 실력과 뒤에 있는 다섯 명
의 수하를 믿기 때문이다.

암혼지옥단.

바로 사내가 가질 수 있는 자신감의 원천이었다.

비록 담담하게 서 있기는 했지만 설무린 또한 그리 속내가 편하지는 않았다.

그건 눈앞에 있는 자들이 결코 녹록치 않음을 알기 때문이다.

중년의 사내가 여전히 여유 가득한 목소리로 말했다.

"우리가 누군지는 아나?"

"당신 말대로 갑자기 나타나 대뜸 화살을 날린 자들에 대해 내가 어찌 알겠소?"

"뭐, 어차피 들어보니 너도 알고 있는 듯한데 굳이 숨길 필요는 없겠지. 네가 쫓고 있는 그 세력…… 거기 속한 몸이지."

"단주! 굳이 그런 것까지 밝힐 것은……!"

뒤쪽에 있던 다른 중년인이 놀라 다가오며 소리쳤지만 단주라 칭해진 중년인이 손을 들자 뒤쪽에 있던 다섯 수하가 일사불란하게 움직였다.

검을 뽑아 든 그들이 중년인의 길을 막았다.

암혼지옥단의 단주가 짜증스러운 목소리로 말을 이었다.

"어차피 다 알고 있다고 하잖아. 굳이 숨겨야 할 이유도 없는데 짜증나게 자꾸 떠들지 좀 마. 모기처럼 윙윙거리는 족속들을 난 무척이나 싫어하거든. 자네는 안 그런가, 젊은 친구?"

"글쎄… 내 입장에서는 둘 모두 내 잠을 방해한 모기로 보이는 건 매한가지지만 말이야."

"아, 그건 내가 사과하지. 나도 기습은 좋아하지 않기는 한데, 혹시 이 정도도 못 막아낼 놈이라면 괜한 고생을 하기도 뭐해서 말이야. 그래도 내 활을 피해낼 정도라면 죽일 맛은 날 것 같군."

암혼지옥단의 단주는 서슴없이 말했다.

암혼지옥단은 사냥꾼들이다. 하지만 그들이 사냥을 하는 것은 동물이 아닌 바로 인간이다.

인간사냥꾼!

그들은 자신들이 목표로 한 상대를 결코 놓치지 않는다. 지옥 끝까지라도 쫓아가 당사자를 죽음으로 몰아넣는 것이 바로 암혼지옥단이다.

단 한 번도 죽이려 한 당사자를 죽이지 못한 적이 없는 그들이다. 그랬기에 단주라 불리는 사내가 그토록 자신감으로 충만한 것일지도 모르겠다.

암혼지옥단의 단주가 설무린의 위아래를 잠시 살피다가 말했다.

"제법 자질이 있어 보이는데…… 너무 많은 걸 알았어. 어린 나이에 죽게 되는 걸 원망하지는 말라고."

"원망할 필요는 없을 것 같은데. 여기서 내가 죽지는 않을 테니까 말이오."

설무린은 말을 끝내며 검을 뽑아 들었다.

말은 그리하고 있지만 방심했다가는 큰 낭패를 당하게 될지도 모른다는 사실을 잘 알고 있기 때문이다.

이들의 몸에서는 위험한 냄새가 난다.

짙은 피 냄새도 함께 퍼져 나온다.

위험한 자들. 잘못했다가는 죽음을 면치 못한다.

설무린이 차갑게 식은 눈으로 상대의 전력을 파악해 가기 시작했다.

단주라 불리는 중년의 사내가 한 말에서 이들이 바로 설무린 자신이 뒤쫓는 세력이 보낸 자들임을 알아차렸다.

이제 그들은 대놓고 설무린을 죽이기 위해 뒤를 쫓을 모양이다.

그런 그들이 보낸 자들이다.

인육마도 죽인 설무린이니 적어도 이들의 힘이 그보다 강하면 강했지 못하지는 않을 게다.

단주인 중년 사내와 수하인 다섯, 그리고 조금 무리에서 이질적으로 느껴지는 중년인. 그리고 이쪽은 설무린과 북설, 단 둘뿐이다.

'어떻게 해야 한다?'

휘이이!

차가운 바람이 계속해서 머리카락을 사방으로 나부끼게 한다. 설무린은 귀찮다는 표정으로 머리를 뒤로 쓸어 넘겼다.

암혼지옥단 단주인 중년의 사내 또한 바람에 흔들리는 머리카락을 치워내며 입을 열었다.

"내 이름은 연위지, 암혼지옥단의 단주다."

"암혼지옥단이라…… 섬뜩한 이름이오."

"그만큼 무시무시하지. 우리의 표적이 되고 산 사람은 아무도 없거든. 인육마를 죽인 너라고 해도 우리한테는 무리야."

"그거야 해보면 알 일."

설무린은 꺼내 든 검을 앞으로 겨누었다.

자잘하게 시간을 끌어서는 안 된다.

유일하게 이질적인 중년의 사내는 그리 강해 보이지 않는다. 하지만 그자를 제한 나머지 여섯은 무척이나 버거운 상대들이다.

특히나 암혼지옥단의 단주 연위지라는 작자는 더더욱 그러했다.

'북설 혼자서 암혼지옥단이라는 저 다섯 놈을 맡는 건 무리다. 하지만 저 단주라는 자 또한 쉽지 않을 터인데…….'

북설이 다른 다섯을 맡아줄 수 있다면 일은 쉽겠지만 그건 불가능에 가깝다. 그렇다면 설무린 자신이 단주라는 작자를 상대하면서도 다른 이들과 검을 섞어야 한다는 소리인데…….

복잡하게 생각을 하던 설무린을 바라보며 연위지가 수하들에게 명을 내렸다.

"사냥을 시작한다!"

차라랑!

각자가 소지하고 있던 병기를 꺼내어 들었다.

그들의 무기는 가지가지였다. 검을 들고 있는 자도 있었지만, 쇠가 달린 투망을 들고 있는 자도 있었고 활을 꺼내어 멘 사내도 있었다.

실로 그들은 사냥이라도 떠날 법한 모습이었다.

선두에 서 있던 연위지가 검을 뽑았다.

"간다."

다섯 명의 수하가 빠르게 거리를 벌리며 사방으로 퍼져 갔다.

설무린과 북설은 약속이라도 한 것처럼 뒤로 급히 물러나기 시작했다.

'애초부터 우리를 한 번에 사냥하려고 했었군!'

연위지의 모습을 제하고 그의 다섯 수하 모습이 사라졌다고 생각한 순간,

쒜엑!

날아드는 한 대의 화살이 설무린과 북설의 가운데를 스치고 지나갔다.

화살을 쏜 상대가 보이지는 않지만 직감적으로 위치를 파악해 냈다.

'저곳이군!'

설무린은 한 치의 망설임도 없이 손가락으로 허공을 갈랐
다.

파앙!

한음지(寒陰指)가 나무를 관통하며 예상했던 장소에 적중
했다. 하지만 그것은 허공을 갈랐을 뿐 이미 화살을 쏜 주인
은 그곳에 존재하지 않았다.

'빠르다!'

뒤쪽에서 무엇인가가 날아든다고 생각한 설무린이 고개를
돌렸고, 그곳에서는 수백 개의 침이 날아들고 있었다.

옆쪽에 있던 북설이 서둘러 설무린의 뒤를 막아서며 자신
의 검을 들어 올렸다.

화아악!

한 번에 만개를 하듯이 펼쳐지는 검막이 둘의 몸을 감쌌다.

날아들던 침들은 검막을 뚫지 못하고 사방으로 튕겨져 나
갔고, 북설은 침들을 막아내기 무섭게 급히 검을 거두었다.

빛살처럼 날아드는 화살 하나가 북설의 목덜미를 노렸기
때문이다.

타앙!

막아냈다!

한데 마치 꼬리에 꼬리를 문 것마냥 하나의 화살이 북설의
가슴을 노렸다.

날아드는 화살을 이번에는 설무린이 막아냈다.

마치 약속이라도 한 것처럼 둘의 호흡은 딱딱 맞았다. 하지만 그러한 서로의 호흡에 만족할 시간이 둘에게는 없었다. 다시금 사방에서 병기들이 쏟아져 나오고 있다.

설무린은 이를 악물었다.

하늘을 뒤덮는 수백 개의 암기, 그리고 어둠 속에서 두 명의 사내가 다가오기 시작했다.

검을 들고 있는 그들은 이제부터 본격적인 사냥을 시작이라도 하려는 듯이 보였다.

설무린은 구겨진 표정으로 싸움에 끼어들지 않고 있는 연위지를 바라봤다.

오만한 표정.

가만히 서서 싸움을 응시하고 있는 그의 작태에 설무린의 신경이 꿈틀거렸다.

'좋아, 언제까지 그러고 있을 수 있나 보자.'

계속해서 공격을 막고만 있다가는 결국 이쪽이 점점 손해를 보게 된다.

아주 찰나라도 좋다.

그 찰나의 시간만 만들어낼 수 있다면 수세에서 공세로 바꾸는 것이 가능하다.

이런저런 생각을 하며 움직이던 설무린의 어깨에 짧은 비수가 상처를 남기고 사라졌다.

아주 얕은 상처이기는 했지만 설무린은 살짝 입술을 깨물었다.

"젠장!"

"괜찮으십니까?"

"괜찮……."

차앙!

말을 채 끝마치기도 전에 설무린은 달려드는 자의 공격을 막아내야만 했다.

동시에 옆쪽으로 파고드는 길쭉한 화살 한 대를 설무린은 앞으로 몸을 당기며 피해냈다. 숨 한 숨 들이킬 여력도 지금의 설무린과 북설에게는 없을 정도였다.

암혼지옥단의 연수합격술은 가히 하나의 절진과도 같았다.

계속해서 공격을 받아내며 설무린과 북설의 몸에 자그마한 상처들이 하나둘씩 생겨나기 시작했다.

아직 커다란 부상을 입지는 않았지만 결국 그리되고 말 것이다.

설무린이 이를 악물었다.

'더는 안 돼!'

설무린이 마음을 굳혔다.

공격을 받아내며 나름대로 계획을 짜기는 했지만 혼자의 힘으로는 불가능하다.

북설이 도와야만 가능한 일.

설무린은 검을 쉬지 않고 움직이며 북설을 불렀다.

"북설!"

동시에 공격을 받아내던 설무린과 북설의 눈이 마주쳤다.

딱히 대화를 나눈 것도 아니다.

하지만 북설은 설무린의 눈빛을 보는 순간 그가 얼추 무슨 생각을 하는지 알아차렸다. 북설은 다급히 설무린의 앞을 막아섰고, 짧은 순간이기는 하지만 설무린에게 날아드는 모든 공격을 북설이 받아냈다.

수십 개의 암기와 쏟아지는 검기들.

하늘을 뒤덮으며 날아드는 커다란 사냥용 투망…….

사방에서 쏟아지는 단 한 번의 공격을 막기 위해 북설은 입술을 꽉 깨물었다.

사냥을 하듯이 몰아넣는 그들의 공격을 모두 피해내는 것은 불가능에 가까웠다. 하지만 불가능에 가깝다 할지언정 북설은 포기하지 않았다.

'모두 막아내야 한다.'

날아드는 모든 공격을 막아내는 것도 중요하지만 가장 최우선되는 것은 설무린을 지켜야 한다는 거다. 북설의 등 뒤에서 커다란 내공의 움직임이 느껴졌다.

예상대로다.

그리고 설사 설무린이 무엇을 준비하고 있는 게 아니라고 할지라도 그를 지키는 것이 북설의 임무다.

“하압!”

북설의 입에서 고성이 터져 나오며 동시에 검이 사방으로 꽃잎처럼 흩날렸다.

하얀 눈송이가 되어 사방으로 흩어지는 검이 매섭게 날아드는 공격들과 충돌했다.

퍼퍼펑!

북설의 검에서 나온 기운과 닿은 암기들이 전부 터져 나갔다. 벽력탄과도 같은 소리를 토해내며 사방에서 날아드는 것들을 터뜨렸다.

동시에 북설의 몸이 매처럼 위로 솟구쳤다.

가장 문제가 되는 것이 바로 이것!

‘투망을!’

투망은 특수하게 제작된 것인지라 한 번 갇혀서 얽히게 되면 그때부터는 발버둥 쳐도 빠져나올 수가 없다.

거기다가 투망을 연결시킨 줄 또한 검으로 자를 수 없는 신기한 것이었다.

그리고 드문드문 박혀 있는 날카로운 고리들…….

아마도 지독한 독이 묻어 있을 것이 자명한 사실.

투망이 북설을 감싸려는 순간 그녀의 몸이 옆으로 유연하게 빠져나갔다. 동시에 북설의 검이 투망의 끝에 있는 쇠 부분을 걸었다.

‘됐어!’

내력을 검에 불어넣자 그 충격을 이기지 못한 투망이 뒤로 팅겨져 나갔다.

아주 짧은 시간에 벌어진 수많은 일들. 그리고 그 짧은 시간으로 설무린 또한 완벽히 시간을 벌었다.

설무린의 손에서 무서울 정도로 차가운 얼음 기둥이 솟구쳤다.

콰드드득!

사람의 오금을 바짝 긴장케 할 정도의 괴이한 소리와 함께 한편에 서서 공격을 해오던 세 암혼지옥단 단원의 길을 막아버렸다.

그렇게 되자 순간적으로 설무린과 북설, 그리고 두 명의 단원만이 얼음 기둥 건너에 남게 되어버린 것이다. 검을 들고 가까이서 달려들던 그들이었다.

얼음 기둥을 부수는 것은 찰나.

어른 장정만 한 크기의 얼음 기둥인지라 넘어서는 것도 어렵지 않다.

하지만 이들의 진형이 깨졌다.

아주 짧은 순간이기는 하지만 설무린은 결코 그것을 놓치지 않았다.

"쳇!"

놀란 둘이 급히 뒤로 거리를 벌리며 검을 들어 설무린과 북설을 견제하려 했지만 그건 쉬운 일이 아니었다.

둘의 몸이 바람처럼 빠르게 한 명씩에게 따라붙었다.

차앙!

"크윽!"

암혼지옥단의 단원들은 분명 고수다.

그들 개개인의 무공 실력 또한 그리 녹록치 않다. 하지만 강하다 한들 이들의 실력은 설무린이나 북설에 비한다면 어린아이에 불과하다.

암혼지옥단이 배운 것은 무공보다는 합격술이다.

그들은 사냥꾼처럼 사냥감을 모는 것에는 익숙할지 몰라도 그 반대되는 상황에서는 너무나 쉽게 무너졌다.

시간이 없다고 생각했는지 설무린과 북설 모두 동시에 가장 빠르게 상대를 제압할 만한 초식을 펼쳤다.

콰지직!

갑작스럽게 길을 막았던 얼음 기둥이 무너지는 소리가 들린다.

그리고 동시에 설무린의 검이 앞에 있는 암혼지옥단 단원의 가슴에 꽂혔고, 북설은 상대의 목을 깨끗하게 단번에 날려버렸다.

설무린이 몸을 돌렸다.

뒤쪽에는 얼음기둥 때문에 이쪽과 갈라졌던 세 명의 암혼지옥단원들과 이들의 우두머리인 단주 연위지가 있었다.

하지만 아직 공격을 끝나지 않았다.

설무린이 기다렸다는 듯이 손가락을 움직였을 때다.

부서져 떨어져 내렸던 얼음들이 천천히 미동하기 시작했다.

가만히 서 있던 연위지가 급히 수하들을 향해 소리쳤다.

"모두 내 뒤로 숨어라!"

연위지의 고함 소리가 터져 나오기가 무섭게 얼음들은 수백 개의 빙침이 되어 쏟아졌다.

북해빙궁 최고의 암기술인 수라빙절(修羅氷絶)이다. 물을 이용하는 암기술로, 이 암기법이 완벽해지면 단 번에 수천 개의 빙침을 쏘아낼 수 있는 무서운 암기술!

파파팍!

빙침은 나무, 돌, 땅 할 것 없이 모든 것을 꿰뚫었다.

그리고 그것들은 설무린과 북설에게 위해를 가하기 위해 나타났던 그들을 뒤덮었다.

"으아악!"

날카로운 비명 소리 하나가 터져 나왔다. 암혼지옥단과 함께 왔던 중년 사내가 멍하니 있다 온몸이 빙침에 찔리며 피투성이가 된 채로 쓰러져 버렸다.

수백 개의 빙침이 사방에 꼽히며 순간적으로 주변은 아수라장이 되어버렸다.

퍼퍼퍽!

第七章

발작(發作)

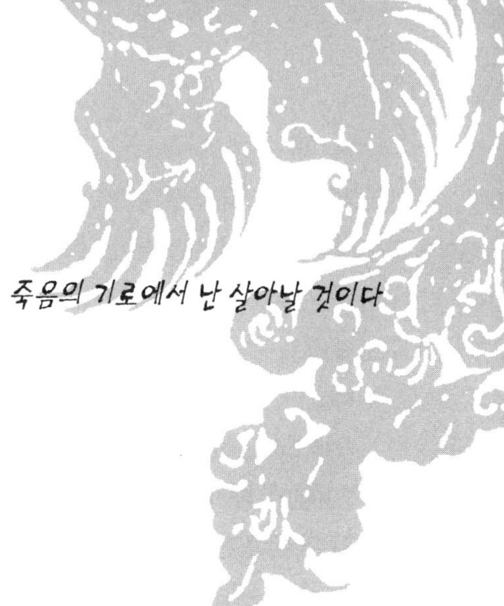

잠시간의 소란 이후 이내 찾아온 고요.

연위지가 교차시켰던 양팔을 내렸다.

연위지의 옷자락이 볼썽사납게 망가져 버렸다. 그래도 암혼지옥단의 남은 생존자 셋 모두는 무사했다. 연위지의 명이 떨어지기 무섭게 그들은 아무런 의구심도 가지지 않고 그대로 움직였기 때문이다.

연위지는 구멍 난 자신의 옷을 내려다봤다.

그 모습을 보며 설무린이 히쭉 웃었다.

"아까보다 그 거지 같은 몰골이 더 잘 어울리는 사람인 듯하오, 당신은."

"거참……."

가볍게 소매를 털며 연위지가 이가 드러날 정도로 환하게 웃었다. 하지만 그것이 결단코 즐거워서 웃는 것은 아닐 것이다.

실제로 지금 연위지의 몸에서는 무서울 정도의 살기가 흘러나왔다.

"내가 개입된다면 편히 죽는 것은 무리일 터인데……."

"여기서 죽지 않는다 하지 않았소. 쯧, 아까 내가 한 말을 한쪽 귀로 흘린 모양이군."

연위지는 아까 전에 뽑아 들었던 검을 들고 한 걸음 앞으로 내딛었다. 연위지가 차갑게 굳은 목소리로 뒤쪽에 살아 있는 암혼지옥단의 수하들에게 말했다.

"셋이 저 계집을 맡아라. 이번에 또한 아까와도 같이 꼴사나운 모습을 보인다면…… 네놈들 또한 죽을 것이다."

"존명!"

남은 셋은 한 목소리처럼 외치고는 그대로 북설을 향해 다가갔다.

그들은 죽은 동료들 때문인지, 아니면 자신들 또한 연위지의 손에 그리될 수도 있다고 생각해서인지 독기로 가득 차 있었다.

설무린은 자신에게 다가온 연위지를 보며 말했다.

"혼자서는 무리일 텐데…… 괜찮겠소?"

"애송이, 인육마 하나 죽였다고 방방 날뛰는구나."

인육마는 인회에서도 손에 꼽히는 고수.

그리고 중원에서조차 두려워하는 마두 중 하나다. 엄청난 무공을 지닌 절정고수임은 분명하기는 하지만…… 그런 인육마도 연위지에게는 그렇지 않았다.

"그런 놈 하나 죽였다고 날 이길 성싶더냐? 인육마 따위는 애초부터 내 한참 아래였다. 암혼지옥단의 합격술을 펼치니 내 무공도 우스워 보였나 본데…… 틀려도 단단히 틀렸다는 걸 보여주지."

벽력궁이 가진 세 개의 회.

개중 무림에 나와서 활동하고 있는 것이 바로 인회다. 그리고 그런 인회의 회주조차 승리를 장담할 수 없는 상대가 바로 연위지였다.

둘이 붙는다면 승산은 회주가 육, 연위지가 사.

쉽게 싸울 수 있는 확률이 아니다.

인회 내에서도 회주를 제한다면 최고의 고수라고 불리는 연위지다. 아니, 연위지는 자신보다 회주가 강하다는 것도 인정하지 않는다.

하지만 연위지는 그럴 자격이 있는 사내였다.

인회에서 회주를 위협할 수 있는 유일한 자니까 말이다.

설무린은 인육마를 그처럼 쉽게 말하는 연위지의 행동을 보며 내심 온몸의 근육을 풀었다.

쉬운 싸움은 아닐 거라 생각했지만 인육마를 저토록 우습게 말할 정도라면 이자는 어느 정도로 강할지 답이 나오지 않는다.

단 하나 확실한 것이라면 결코 만만하지 않다는 것이다.

그렇지만 설무린은 지지 않겠다는 듯 말대꾸를 했다.

"자신감이 대단하군요. 하지만 나 또한…… 그리 쉽지는 않을 거요. 당신은 내 앞에서 무릎을 꿇어야 할걸?"

둘의 시선이 허공에서 만났다.

연위지의 입가에 조소가 지어졌다. 그리고 참을 수 없다는 듯 그가 크게 웃음을 터뜨렸다.

"하하하! 지금 네놈이 지껄인 말을 다른 사람이 들었다면 웃음을 터뜨렸을 게다. 네가 이기겠다고 지껄인 바로 나 연위지는…… 구파일방의 장문인들조차 고개를 숙여야 할 사람이다! 알겠느냐? 이 하룻강아지야!"

연위지, 만약 그 이름이 언급된다면 중원은 다시 한 번 긴장에 휩싸이고 말 것이다.

먼 새외에 있던 설무린에게 연위지라는 이름은 생소할 수 있으나 중원에서 어느 정도 나이를 먹은 자라면 연위지를 모를 수가 없다.

인간사냥꾼, 도살자…… 연위지를 칭하는 말은 셀 수도 없이 많았다.

그가 활발하게 활동했던 시기는 대략 이십여 년 전. 겉보기에는 나이가 많아 보이지 않는 연위지이지만 실제로는 그 당시에도 지금과도 같은 외모를 유지하고 있었다.

연위지는 벌써 예순이 훌쩍 넘은 노인이었다.

물론 겉모습으로는 결코 그리 생각할 수 없을 정도이지만 말이다.

혈영신마(血影神魔) 연위지!

그 이름을 듣는다면 치를 떨 이들이 한둘이 아니지만 가장 먼저 이를 갈 사람들은 분명 화산파일 게다.

연위지가 한창 무림을 시끄럽게 하며 혈영신마라는 악명을 떨치고 다녔을 때다.

그때 연위지의 이름을 만 천하에 알리게 한 사건이 있었으니, 그것이 바로 아직까지 화산파의 씻을 수 없는 치욕으로 남아 있는 화산지루(華山之淚)였다.

화산의 눈물.

그것은 가히 그러했다.

연위지를 잡기 위해 화산파는 수백에 무인들을 동원해서 천라지망을 펼쳤다.

그런데…… 당한 것은 연위지가 아니었다.

오히려 연위지 하나에게 그 수백의 인원 중 일부가 죽임을 당하고 만 것이다.

연위지는 자신의 거점을 이용해 유리한 위치를 잡고 귀신처럼 하나씩 무인들을 제거하고는 사라지곤 했던 것이다. 그러기를 두어 달, 화산의 피해는 적지 않았고 당시 화산파의 장문인이 직접 연위지를 잡으러 왔다.

하지만 화산파의 장문인이라고 해도 마음먹고 숨어 다니며 인간을 사냥하는 연위지를 잡아낼 수가 없었다.

결국 화산파 장문인은 일 대 일로 싸움의 종지부를 찍자고 제안했다.

놀랍게도 피할 거라고 생각했던 연위지는 그 비무를 받아들였다.

그리고 벌어진 싸움…….

모두가 화산파 장문인이 승리할 것이라 생각했다. 하지만 결과는 그런 모두의 생각을 비웃기라도 하려는 듯 연위지의 승리로 돌아갔다.

큰 부상을 입기는 했지만 연위지는 화산파 장문인을 꺾었고, 다른 문도들 모두가 보는 그곳에서 유유히 모습을 감췄던 것이다.

그리고 그대로 연위지는 무림에서 사라졌다.

세간에는 그 당시 입은 부상 때문에 무공을 잃었다느니 말이 많기는 했지만 그것은 전부 거짓이다.

지금 이렇게 연위지는 벽력궁 인회의 일원으로 무림에서 살고 있었다.

연위지가 설무린을 향해 무섭게 눈을 부라렸다.

"화산의 장문인도 나에게 무릎을 꿇었거늘, 뭐? 내가 네 앞에서 무릎을 꿇어? 하하!"

연위지에 말에 설무린의 표정이 변했다.

구파일방의 하나인 화산파의 장문인을 꺾었다니…….

'이거 쉽지는 않겠군.'

설무린은 분명 강하다.

하지만 상대는 화산파의 장문인을 꺾었다고 스스로 말했다. 어찌 된 연유인지는 알 수 없다. 하나 그것이 결코 거짓은 아닐 게다.

설무린의 내면에서 점점 불안감이 커지기 시작했다.

단지 눈앞에 있는 상대인 연위지 하나 때문이 아니다. 이런 강자들을 지니고 있는 그 세력이 얼마나 강할지 짐작할 수 없기 때문이다.

설무린은 고개를 저었다.

그건 분명 큰 문제이지만 지금 설무린이 가장 먼저 해결해야 할 건 그게 아니다.

'연위지…….'

이자를 꺾는다. 그리고 앞으로 나아가야만 북해빙궁을 어지럽히려는 그들을 막아낼 수 있다.

이미 서로 검을 뽑아 든 상태.

긴 말은 서로에게 더는 필요하지 않을 듯싶다.

설무린은 망설일 것도 없이 북해빙궁의 이대검공의 하나인 설풍수라마검을 펼쳤다.

휘이익!

검이 사방으로 갈라지며 연위지를 향해 나아갔다. 날아드는 설무린의 공세를 보며 연위지가 피식 코웃음을 쳤다. 그의 검이 꿈틀했다.

파라라락!

묘하게 검신이 휘청거린다 생각하는 순간 연위지의 검이 춤을 추기 시작했다. 사방으로 낭창낭창 휘어들어 오는 검은 마치 연검을 연상케 했다.

'이런!'

설무린은 급히 검을 거두며 날아드는 연위지의 검을 막았다.

차앙!

날카로운 금속성.

이어지는 노련한 연위지의 주먹질에 설무린은 옆으로 몸을 틀었다.

오싹.

주먹이 스치고 지나가는 순간 설무린의 등 뒤로 오싹한 감각이 스치고 지나갔다. 그리고 빠르게 휘두른 그 주먹질로 인해 생긴 권풍이 뒤를 휘젓고 지나갔다.

콰드득!

거대한 아름드리나무가 거짓말처럼 뒤로 자빠져 버렸다.

가볍게 휘둘렀던 일권(一拳)에 이리도 강맹한 힘이라

니…….

놀라고 있을 틈이 설무린에게는 없었다.

설무린 또한 그대로 쉴 틈도 없이 뒤로 몸을 날리며 바로 검을 움직였다.

수라참극(修羅慘劇)!

마구잡이로 휘두르는 듯한 설무린의 검이지만 그것은 결단코 앞뒤 생각없이 놀라 움직이는 것이 아니었다.

그걸 잘 알기에 연위지 또한 방심하지 않고 자신의 검을 휘둘렀다.

차르륵!

쏟아지는 검기, 그리고 연위지의 검에서도 질세라 하얀 빛이 터져 나왔다. 주변의 공간이 단숨에 터져 나가기 시작했다.

콰콰쾅!

그 어떠한 것도 둘의 힘을 견뎌내지 못하고 쓰러지기 시작했다.

“큭!”

설무린은 이를 악물었다.

상대의 내공이 예상을 훨씬 웃돈다. 쏟아지는 검기와 검풍, 그리고…….

다가오는 연위지의 몸에서 위압감이 느껴진다.

설무린은 가볍게 손목을 풀었다.

아까 전 암혼지옥단의 다섯에게 둘러싸였을 때 입었던 자잘한 상처들에서 점점 피가 흘러나오기 시작한다.

거기에다가 지금의 격돌로 설무린과 연위지 모두 가벼운 부상을 입었다.

연위지는 다친 팔등을 들어 올렸다.

피가 흐르는 자신의 팔등을 혀로 가볍게 핥는 그의 모습에서 영락없는 싸움꾼의 기질이 느껴졌다.

맹수.

상처 입은 맹수마냥 연위지의 눈이 더욱 차갑게 식었다. 혀로 자신의 피를 핥았던 연위지가 설무린을 바라보며 조롱 섞인 말투로 말했다.

"제법. 괜히 인육마가 죽은 건 아니로군. 하지만… 그게 다일 뿐이야. 네놈이 더 이상 내 몸에 상처를 내는 것은 불가능할 게다."

"후후! 과연 그럴지는 두고 보면 알겠지! 어서 오시오, 슬슬 난 불이 붙기 시작했거든."

설무린이 웃음을 흘리며 대꾸했다.

솔직히 말해 지금은 웃을 수 있는 상황이 아니다. 연위지가 팔등에 부상을 입었다면 설무린은 어깻죽지에 재차 검상을 입었다.

검을 들고 싸우는 입장에서 팔등과 어깨는 지니는 의미가 너무나 다르다.

상대의 강함을 몸으로 느꼈다. 그리고 지금의 상황이 그리 좋지 않다는 것을 설무린 또한 잘 안다.

그런데…… 두렵지 않다.

아니, 오히려 재미있다.

몸속에 꿈틀거리고 있던 무엇인가가 계속해서 설무린을 재촉하고 있다.

쉬지 말라고, 계속해서 싸우라고.

오히려 웃음을 터뜨리는 설무린을 보며 연위지가 살짝 인상을 구겼다. 결코 좋은 상황이 아니라는 걸 알면서도 저 같은 미소라니.

'위험한 놈.'

북해빙궁의 소궁주라는 작자가 위험한 자라는 확신이 연위지에게도 섰다.

그 알 수 없는 미소 하나로.

처음엔 북해빙궁의 소궁주라고 해도 전혀 관심이 없었다. 사혈괴마를 죽였다고 했을 때도, 흑풍귀를 죽였다고 했을 때도. 심지어 인육마를 죽였다고 했을 때조차도 말이다.

제법 나이에 어울리지 않게 강한 놈이라고, 그것뿐이라고 생각했다.

그리고 들었다.

실상 설무린은 벽력궁에 대해 알고 있고, 그것을 캐기 위해 여태까지 그토록 중원을 속이고 다니고 있던 거라고.

제법 흥미가 돌았다.

어떤 작자이기에 벽력궁을 상대로 혼자 싸움을 벌였던 말인가.

그리고 지금 이렇게 만났고 얼굴을 마주했다.

설무린은 정말로 강했다.

아직 몇 수 겨루지 않았지만 그 정도야 싸우기 전부터 알 수 있는 사실이다.

만약 이 사내가 이대로 오 년이라는 시간만 더 무공에 집중할 수 있었다면 인정하기 싫지만 연위지는 자신이 이길 수 있다고 말하지 못했다.

거기다가 이놈… 이런 상황에서 웃었다.

두려움 때문에 미쳐서 짓는 웃음도 아니오, 그렇다고 해서 뭔가 다른 꿍꿍이가 있어서 웃는 것도 아닌 것 같다.

그저 싸움, 싸움에 미쳤다.

이런 놈은 싸우면 싸울수록 강해진다. 그리고 시간을 주다가는 목덜미를 물려 단번에 생명을 잃을 수도 있다.

연위지는 속으로 혀를 찼다.

'쯧! 이런 놈은 놔두고 괜한 놈들이나 감시하고 있었으니. 인회주 한심한 짓거리를 했어. 가장 위험한 놈은 다름 아닌 바로 이놈이야.'

다행이다.

만약 더 오래 알아차리지 못했다면 벽력궁은 엄청난 타격을 입었을지도 모른다. 그나마 지금이나마 알아낸 것이 천만다행인 것이다.

"애초부터 그러할 생각이었지만 너라는 사내 반드시 죽여야겠군. 너 같은 놈은 너무 위험해. 몸에서 위험한 냄새가 계속해서 풍겨. 코가 마비될 정도로 말이야."

말을 마친 연위지가 검을 들어 올려 자신의 입가에 가져다 댔다.

차가운 검날에 연위지가 가볍게 입을 맞췄다.

"죽어."

달빛과도 같은 검광이 쏟아졌다.

사아악!

모든 것을 베어나갔다.

쏟아져 나간 검광은 그 무엇 하나 거칠 것 없이 베고 지나갔다.

철판교의 수법으로 몸을 수평으로 세우며 공격을 피해냈던 설무린의 몸이 허공으로 팅겨 올랐다. 설무린의 손에 들린 검이 울음을 토해냈다.

쿠우우!

강기의 가닥들, 그것들이 사방에서 한곳으로 밀집되며 쏘아져 나갔다.

차라라락!

아래쪽에 있던 연위지 또한 지지 않겠다는 듯 강기들의 다

발을 형성해 냈다.

연위지의 몸 주변으로 아지랑이처럼 돌기 시작한 강기들이 설무린의 공격과 충돌했다.

콰아앙! 쾅쾅! 쾅!

"으윽!"

강기의 충돌이라는 것은 주변의 모든 것을 없앴다. 그리고 공중에서 강기를 뿌려대던 설무린은 충격을 이기지 못하고 그대로 허공으로 떠 결국 땅에 떨어져 나뒹굴었다.

그에 반해 연위지는 몇 걸음 물러섰을 뿐이었다.

하지만……

'이, 이놈이?'

연위지는 입술을 굳게 닫고 있었다. 만약 연위지가 정말로 멀쩡했다면 왜 떨어져 내리는 설무린에게 아무런 위해도 가하지 못했겠는가.

내장이 상했는지 계속해서 피가 울컥거리며 올라온다.

억지로 삼켜내고는 있지만 내상이 보통이 아니다.

물론 그건 설무린 또한 마찬가지였다. 십여 장을 넘게 날아가 땅바닥에 떨어진 설무린이 주춤거리며 일어났다.

"우, 웨웩!"

검붉은 피를 토해낸 설무린은 억지로 몸을 일으켜 세웠다.

둘의 힘이 엇비슷했기에 강기는 쉽사리 밀리지 않았고, 내공 싸움으로 들어간 것이다.

물론 그 싸움에서 미묘한 차이로 연위지가 승리하였기에 설무린이 뒤로 날아간 것뿐이지 강기에 난자당해 사지가 잘려 나가거나 한 상황은 아니었다.

연위지는 억지로 닫고 있던 입을 벌리며 푸들푸들 떨었다.

"이 건방진 애송이 놈이……!"

입을 여는 순간 연위지의 입에서 피가 터져 나왔다. 허공으로 피를 뿜는 연위지를 보며 비틀거리는 와중에서도 설무린은 피식 웃음을 흘렸다.

"당신 몸에 더는 상처를 안 입을 거라 장담을 하더니…… 허언이었군."

"닥쳐라, 이놈!"

연위지의 눈동자가 분기를 참지 못하고 붉게 변해 버렸다.

하지만 연위지의 마음만큼은 급속도로 빠르게 식어갔다. 연위지는 싸움에 임해 자신의 감정을 주체 못하고 모든 것을 망쳐 버릴 위인이 아니었다.

그랬기에 예전 화산파의 천라지망에서도 무사히 살아남을 수 있었다.

당시에 연위지가 마음에 담았던 것은 단 하나였다.

인내.

죽을 만큼의 인내를 가지고 하나씩 사냥했다.

칼이 목 앞까지 다가와도 숨소리를 내지 않았다. 가볍게 한 번 쿡 찔러 넣으면 자신이 죽는다는 걸 알면서도 연위지는 움직이지 않았다.

그랬기에 결국 뒤돌아가는 상대를 죽일 수 있었지만 말이다.

그런 산전수전(山戰水戰)을 다 겪은 노장인 연위지다. 아무리 화가난다 한들 결코 섣부르게 움직이지는 않는다.

연위지는 급히 내상을 억누르며 설무린에게 달려들었다.

아직까지 제대로 움직이지 못하는 지금에 단번에 끝내고야 말 거라는 듯이 말이다.

그렇지만,

휘이익!

"큭! 이런 망할!"

옆에서 날아든 비수가 옆구리에 틀어박혔다.

연위지가 노한 눈으로 그곳을 노려보자 그곳에 북설이 있었다. 북설은 싸우는 와중에서도 설무린을 구하기 위해 비수를 던진 것이다.

물론 그러면서 팽팽했던 균형이 무너져 버렸지만 말이다.

연위지의 움직임을 잠시 막아내기는 했지만 북설 또한 등에 비수 한 자루가 꼽혔다.

북설은 이를 악 깨물고 그대로 뒤에서 달려드는 암혼지옥단의 단원 중 하나의 공격을 막아냈다.

하나하나라면 수월한 상대이거늘 이토록 셋이 합격술을 펼치니 도통 꼬리를 잡을 수가 없다. 그나마 무공으로 그들을 밀어붙이고 있던 차에 설무린이 날아가는 걸 본 북설의 마음은 점점 조급해졌다.

그러다가 연위지가 설무린을 향해 달려나갔다.

급한 생각에 북설은 자신에게 날아드는 공격은 생각도 하지 않았다.

북설은 몸을 돌려 등으로 비수를 받아내며 자신 또한 연위지를 향해 공격을 가했던 것이다.

설무린을 반드시 죽이겠다는 생각만으로 가득했던 연위지였기에 평소였다면 당하지 않을 법한 공격에 당했던 것이다.

연위지는 자신의 옆구리에 박힌 비수를 뽑아냈다.

피가 푹 하고 터져 나왔지만 생명을 위협할 정도의 상처는 아니다.

비수를 땅바닥에 강하게 팽개친 연위지가 단원들을 향해 버럭 소리를 질렀다.

"아직까지 계집 하나 처리 못하고 뭣들 하는 것이냐!"

분에 차 고함을 쳤던 연위지가 설무린을 향해 다시금 달려들려고 했지만, 방금 전과는 달리 숨을 고른 설무린이 허리를 편 채로 서 있다.

설무린이 입가를 소매로 닦아내며 싸우고 있는 북설을 향해 조그맣게 말했다.

"고맙다."

북설 덕분에 시간을 벌었다.

자신에게 달려드는 연위지를 보면서도 설무린은 몸에 힘이 나지 않아 큰 낭패를 볼 뻔했다.

북설이 찰나라는 시간을 벌어준 덕분에 설무린은 몸 상태를 조금이나마 회복할 수 있었다.

비록 서 있기는 했지만 설무린은 자신의 몸 상태를 누구보다 잘 알았다.

'오래는 못 버텨.'

태연한 척 서 있기는 하지만 내상이 엄청나다.

오장육부가 끊어질 것만 같은 고통이 아직도 온몸을 휘젓고 있다.

설무린이 검을 앞으로 내밀었다.

"수라군림(修羅君臨)……."

설풍수라마검의 마지막 초식인 수라군림을 펼쳤다.

한 걸음, 한 걸음.

설무린이 다가올 때마다 무엇인가 강한 힘이 연위지를 내리누르는 듯했다.

'건방진……!'

연위지 또한 검을 들어 올렸다.

큰 부상을 입기는 했지만 상대방이 더더욱 위험한 상태라는 걸 연위지는 알고 있다. 그리고 또한 설무린이 강한 건 인정하지만 자신이 질 거라는 생각 또한 전혀 들지 않는다.

설무린의 수라군림이 펼쳐졌다.

간단한 베기, 그렇지만 그 안에 담긴 수도 없는 변화들.

'위험하다 생각했거늘 과연!'

연위지는 내심 감탄하면서 검을 강하게 잡았다. 이대로 기세를 빼앗긴다면 끌려 다니다가 볼썽사납게 패할지도 모르는 일이다.

결코 지지 않는다.

혈적검해(血蹟劍解)!

콰드드득!

연위지의 검이 움직이는 순간 땅이 꿈틀거렸다.

그리고…… 둘은 약속이라도 한 듯이 동시에 서로에게 달려들었다.

수라가 나타났다!

피를 기다렸던 악마 또한 모습을 드러냈다!

두 개의 힘이 계속해서 충돌했다. 수십여 합.

둘의 검은 계속해서 얽히고설키며 불꽃을 쏟아냈다.

창창!

귓가가 아플 정도로 둘의 검이 계속해서 맞부딪쳤다. 설무린이 뒤로 점점 밀려나고 있지만 거의 호각지세(互角之勢)라고 봐도 무방할 상황이었다.

연위지가 연신 손목에 힘을 주기 시작했다.

"이놈! 이놈! 죽어라, 이노옴!"

캉캉캉!

설무린은 연위지의 힘을 이겨내기 어려웠는지 표정을 구겼다. 동시에 굽혔던 무릎에서 피가 터져 나왔다. 아까 전 당했던 상처가 더욱 크게 벌어진 모양이다.

기회라고 생각한 연위지가 재차 몰아붙이려는 순간 설무린의 주먹이 빈 가슴을 강타했다.

퍼억!

"크윽!"

연위지는 뒤로 물러났고 설무린은 일부로 거리를 벌렸다.

둘은 서로를 노려보며 거친 숨을 몰아쉬기 시작했다.

"허억, 허억."

"후! 후우!"

연위지가 고개를 들어 올리며 설무린을 향해 잔인한 미소를 지어 보였다.

"안색이 안 좋군. 하기야 그 정도의 피를 쏟아냈으니……몸이 버틸 재간이 없겠지."

"그건 당신이 걱정할 일이 아니오."

전혀 문제없다는 투로 힘주어 말하긴 했지만 그 누가 본다 해도 설무린의 상태가 최악이라는 건 알 수 있을 정도였다. 새하얗게 변한 얼굴에서는 핏기를 찾아보기가 힘들었다.

그에 반해 다소 부상을 입기는 했지만 연위지의 얼굴에는 생기가 돌고 있다.

연위지가 검을 치켜들었다.

"끝내야겠어. 네놈에게 이 정도까지 해야 될 줄은 몰랐지만…… 인정하지, 넌 제법 강한 놈이야."

말을 끝낸 연위지의 검으로 어마어마한 힘이 몰려들기 시작했다.

설무린은 애써 표정을 감추고는 있었지만 착잡한 속내를 감추기 어려웠다.

막대한 내공이다.

이 정도의 내공이라면…….

눈이 부실 정도로 하얀 빛이 검을 감싸기 시작했다. 하늘을 꿰뚫을 것만 같은 어마어마한 크기.

검강……!

설무린은 자신의 손을 내려다봤다.

계속되는 출혈과 내공의 소모로 인해 저만한 검강을 막아낼 수 있을지 모르겠다.

하지만 포기할 수는 없는 노릇 아닌가.

설무린은 몸 안에 있는 모든 내공을 쥐어짜기 시작했다. 아주 극소수의 내공이라도 좋았다. 모을 수 있는 모든 것을 검으로 끌어 모으기 시작했다.

그러던 설무린은 단전의 어느 부분에서 멈칫했다.

그것은 다름 아닌 태양지체인 자신의 몸을 지키기 위해 설무린이 일정량의 내공을 써서 지키고 있는 부분이다.

물론 태양지체의 힘을 억누르고 있는 것은 설무린 본인의 내공이 아닌 언제나 몸에 지니고 있는 빙마몽환검의 음기다. 하지만 그 음기가 제대로 활동하기 위해서 아주 소수이긴 하지만 설무린의 내공이 필요한 것이다.

'이 내공이 잠시라도 사라진다면…….'

무슨 일이 벌어질지는 알 수 없다. 하지만 지금은 앞뒤 가릴 때가 아니다.

잠시 망설이던 설무린은 결단을 내렸다.

태양지체의 힘을 막는 음기가 올 수 있는 길을 만들어내던 내공 또한 설무린의 손으로 향하기 시작했다.

"욱……."

갑자기 고통이 찾아왔지만 설무린은 눈을 감으며 꾹 참았다.

자신 때문에 상처를 입은 북설이 모두를 해결하지는 못할 터. 자신이 이곳에서 지면 모든 것이 끝난다.

북해빙궁도, 자신도 북설도…….

설무린이 감았던 눈을 번쩍 떴다.

동시에 앞에 있던 연위지가 몸을 날렸다. 연위지의 손에 들린 검강이 강하게 물결쳤다.

"으아아!"

강한 고함 소리와 함께 연위지의 손이 움직였다.

후우웅!

거대한 검강이 설무린을 집어삼켜 갔고 설무린 또한 자신의 손에 들린 검으로 검강에 대응했다.

퍼어엉!

"크아악!"

나름 내공을 쥐어짜며 설무린 또한 검강을 일으켰지만 역시나 실린 힘의 차이는 너무나 거대했다.

검강과 충돌하는 순간 설무린은 그대로 뒤로 날아가 버렸다.

그 모습에 북설이 악에 받친 듯이 소리쳤다.

"소궁주님!"

멀리까지 날아가 땅에 처박힌 설무린은 미동도 하지 않았고, 검을 쥐고 있던 연위지가 미친 듯이 웃음을 터뜨렸다.

"으하, 으하하하!"

죽었다!

분명 죽었다!

이 정도의 타격을 맨몸으로 받았으니 어찌 죽지 않을 수 있겠는가. 내공도 쥐어짠 자의 몸으로는 더는 버텨내지 못할 것이다.

북설의 입술에서 피가 주르륵 흘러나왔다.

'소궁주님……'

한심했다.

그림자무사인 자신이 주군인 설무린을 지켜내지 못했다. 주인보다 반드시 먼저 죽어야 하는 그림자무사이거늘…… 임무를 다하지 못했다.

그렇지만 북설은 자결하지 않았다.

오히려 몸에서 독기가 일었다.

'못난 그림자무사가 소궁주님을 따라가겠습니다. 단……
저들의 목을 모두 베고 말입니다.'

그냥 죽어주지는 않겠다. 아니, 그러지 못하겠다.

너무나 슬퍼서, 마음이 아파서 그렇게는 못하겠다.

북설의 입에서 북해의 차가운 칼바람을 연상케 하는 목소
리가 흘러나왔다.

"다 죽인다……!"

"으하하! 무섭구나. 하지만 그게 가능할 리가 없지!"

그토록 힘겹게 상대하던 설무린을 죽인 덕분인지 연위지
의 말투는 왠지 모르게 흥에 겨운 듯했다.

차앙!

북설이 눈을 감은 채로 검을 들어 올렸다.

차갑게 불어오는 바람이 온몸을 간지럽힌다. 북설은 호흡
을 가다듬었다.

마지막 싸움이 될 것이다.

반드시 죽이고 말겠다고 생각은 하고 있지만 과연 가능할
지 모르겠다. 하지만 다른 자는 몰라도 저기 있는 연위지 저
자만큼은 반드시 데리고 간다.

북설이 막 달려들려고 할 때였다.

크르르릉……!

이상한 괴음이 들려왔다. 달려들려던 북설도 그런 그녀를 비웃고 있던 다른 넷 모두가 소리가 들려온 쪽으로 고개를 돌렸다.

소리가 들려온 방향은 다름 아닌 설무린이 쓰러진 쪽이었다.

연위지의 표정이 변했다.

'설마…….'

혹시나 하는 생각이 들기는 했지만 연위지는 이내 고개를 저었다.

그럴 리가 없다.

제아무리 강철 같은 몸을 지녔다 해도 검강에 그대로 맞았다.

내공 한 줌도 남지 않은 상태에서 말이다.

그나마 육신이 멀쩡한 것도 공격을 어느 정도 받아냈기에 가능했다. 만약 공격을 그대로 받았다면 육신이 갈기갈기 찢어졌을 게다.

그런 설무린이 살아 있을 리가 없거늘…….

뭔가 불안한 마음이 엄습해 오자 연위지가 검을 다시금 강하게 잡았다.

그리고……!

"이, 이건……?"

어마어마한 내공이 느껴진다.

사람의 것이라고 믿어지지 않는 거대한 힘. 그리고 그 힘이 주변을 휘몰아치기 시작했다.

부우우!

깜짝 놀란 연위지가 자기도 모르게 한 걸음 뒷걸음질쳤다.

말로는 표현이 안 되는 엄청난 힘.

도대체 이 내공의 주인은 누구란 말인가.

"크…… 크으으!"

소리가 흘러나온다.

그리고 소리의 근원지를 바라보던 연위지와 암혼지옥단의 세 단원은 자신의 눈을 믿고 싶지 않았다.

쓰러져 있던 설무린이 천천히 일어서고 있다.

그리고 무서울 정도로 어마어마한 폭풍이 휘몰아치기 시작했다. 절로 두려움이 물씬 밀려오기 시작했다.

연위지는 멍하니 서서 설무린을 바라봤다.

"대체…… 저놈은……."

자리에서 일어난 설무린이 갑작스럽게 고개를 하늘을 향해 젖혀들면서 괴성을 토해냈다.

"으아아악!"

콰아앙!

폭발이 일면서 주변에 있는 것들이 사방으로 터져 나갔다.

자리에서 일어난 설무린의 몸에서 엄청난 양강의 기운이

쏟아져 나온 것이다.

북해의 음기와는 확연하게 다른 그 어떠한 힘이 쏟아졌다.

"소궁주님!"

놀란 북설이 설무린을 외쳤고, 지그시 입술을 깨물고 있던 연위지는 급히 명을 내렸다.

"놈을 제거한다!"

"존명!"

이대로 있다가는 위험하다고 생각했는지 연위지는 암혼지옥단의 셋과 동시에 설무린을 향해 달려들었다.

놀라 가만히 서 있던 북설이 황급히 그 뒤를 따라 움직였다.

설무린에게 그들이 위해를 가하지 못하게 하기 위해서였다. 하지만 애초부터 서 있던 자리가 반대였기에 북설은 차마 그들을 잡아내지 못했다.

네 명의 몸이 동시에 설무린을 감쌌다.

연위지는 그대로 검을 뽑아 들며 남아 있는 모든 내공을 검에 실었다.

'기회는 한 번뿐!'

왠지 모를 두려움에 연위지는 그리 판단했다.

그리고 그 일격에 연위지는 사활을 걸었다.

하얀 빛이 일순 돌면서 검강이 그대로 설무린의 정수리를 향해 떨어져 내렸다. 그리고 다른 셋 모두 제각기의 병기를 설무린의 몸에 쑤셔 넣으려 했다.

그때 설무린의 두 눈이 그들을 한 번 훑었다.

동시에 설무린의 손이 빙마몽환검을 뽑아 들었다.

번쩍!

빛이 단숨에 그들을 감쌌다.

"크아악!"

단 일격이었다.

단 일격에 암혼지옥단의 셋의 몸이 반으로 갈라져 버렸다. 그나마 연위지는 목숨을 부지하기는 했지만…….

그가 비틀거리며 뒷걸음질치기 시작했다.

검강은 완전히 소멸된 상태다.

말없이 뒷걸음질치던 연위지의 입으로 피가 주르륵 흘러 나왔다.

연위지는 털썩 무릎을 꿇었다.

무릎을 꿇은 채로 연위지는 설무린을 올려다봤다.

얼굴이 온통 땀투성이다. 반쯤 갈라진 배에서는 당장이라도 모든 내장들이 쏟아져 나오려고 한다. 억지로 손으로 막고는 있지만…….

연위지의 생명은 끝난 것과 다름없다.

연위지가 피범벅이 된 얼굴로 설무린을 바라봤다.

아까와는 다른 이가 지금 눈앞에 있다.

차갑게 식어 있는 설무린을 바라보며 연위지가 두려움이

가득한 목소리로 물었다.

“넌… 누구냐?”

“후후후!”

연위지를 내려다보는 설무린이 가볍게 입술을 비틀며 비웃음을 토해냈다.

第八章

상처(傷處)

어둠.

그저 짙은 어둠뿐이다.

설무린은 그런 어둠속을 한참을 걷다가 갑자기 멈추었다. 자신이 이곳에 왜 있는지 도통 알 수가 없다.

갑자기 왜…….

'분명 연위지와 싸우던 중이었는데.'

생각이 거기까지 미치자 마지막으로 검강을 뿜어대며 달려들던 연위지의 모습이 생각났다. 설무린은 주변을 두리번거리기 시작했다.

'젠장, 설마 죽은 건가?

모르겠다.

이곳이 어디고, 자신이 어떻게 된 것인지도 말이다. 설무린은 입술을 깨물었다.

지금 죽을 수 없다. 설무린은 중원에 나와 반드시 해내야 할 일이 있다. 이렇게 죽기에는 설무린이 짊어지고 있는 것은 너무나 크다.

그때,

"…소궁주님!"

익숙한 목소리가 그를 불렀다.

어둠 속에 무작정 서 있던 설무린이 위를 올려다봤다. 목소리가 계속해서 들려왔다.

"소궁주님! 제발… 제발!"

어둠 속에서 가만히 서서 위를 올려다보던 설무린이 나직이 입을 열었다.

"북설……."

어두운 하늘이 열렸다.

그리고 설무린의 눈에 그 이름의 주인이 모습을 드러냈다.

설무린은 자신을 내려다보며 눈물을 쏟고 있는 북설을 바라보고 있었다.

어찌 된 것인지는 모르겠지만 갑자기 고통이 온몸을 엄습한다.

"끙……."

설무린이 가벼운 신음 소리를 내자 고개를 파묻고 울고 있
던 북설이 급하게 머리를 들었다. 놀란 눈으로 북설이 설무린
을 불렀다.

"소, 소궁주님!"

"그래그래, 잘 들리니 조용히 좀 말해줘. 머리가 울리는구
나."

"죄, 죄송합니다."

북설은 황급히 눈물을 닦았다.

설무린은 그대로 땅에 누운 채로 온몸의 상태를 확인했다.
온몸이 쑤시기는 하지만 그리 나쁜 몸 상태 같지는 않다. 오
히려 내상을 입었던 부분이 깨끗하게 나은 것 같다.

'도통 무슨 일인지 모르겠군.'

잠시 그대로 누워 있던 설무린이 북설을 불렀다.

"설아."

"예, 하명하시지요."

"잠시 일으켜 세워줬으면 좋겠는데. 주변을 좀 보고 싶어
서 말이야."

"알겠습니다."

북설은 설무린의 몸을 반쯤 일으켜 세웠다.

눈에 들어온 주변의 광경을 본 설무린의 눈동자가 묘하게
꿈틀거렸다.

모든 것이 부서졌다.

악록산의 일부가 완전히 망가져 버린 것이다. 거기다가 시신들의 모습도 보인다.

연위지…… 그도 죽어 있다.

설무린은 가만히 앉아 있다가 북설을 향해 물었다.

"혼자서 다 죽인 것이냐?"

"예?"

"내력이 많이 소모되었다고 해도 강한 상대였을 터인데…… 미안하군."

"그게 무슨 소리십니까?"

반문하는 북설을 바라봤던 설무린이 죽어 있는 연위지와 암혼지옥단의 단원들을 가리키며 말했다.

"저놈들 네 작품일 거 아니야."

설무린의 말에 북설은 아무런 말도 없이 그를 바라봤다.

그런 북설의 시선을 의식해서인지 설무린이 눈을 크게 뜨고 그녀를 바라봤다.

북설이 조심스레 말했다.

"…기억이 안 나십니까?"

"뭐가?"

"연위지와 암혼지옥단을 쓰러뜨린 것은 제가 아니라 소궁주님이십니다."

"……?"

그게 무슨 말이냐는 표정이다.

설무린의 기억은 분명 검강에 당하면서 끊어져 버렸다. 그 당시 상태에서 설무린은 몸 안에 내공 한 줌도 남아 있지 못한 상태였다.

그런 몸으로 어찌 이들을 쓰러뜨릴 수 있단 말인가.

"농담이지?"

"소궁주님을 상대로 제가 농담을 할 리가 없지 않습니까."

북설의 말에 설무린은 할 말을 찾지 못했다.

적어도 북설이 자신을 상대로 거짓말을 하지 않는다는 걸 잘 알기 때문이다. 그리고 그런 거짓말을 할 필요가 북설에게는 없었다.

설무린이 자신을 가리키며 말했다.

"내가 그랬다고?"

"예."

"……."

"기억이 안 나십니까?"

설무린이 고개를 끄덕였다. 그는 자신의 손을 내려다봤다. 설무린 자신이 이들을 죽였다고 하는데, 그럴 힘이 남아 있었을 턱이 없다.

북설은 그런 설무린을 보며 당시 상황에 대해 설명하기 시작했다.

"소궁주님은 검강의 힘을 이겨내지 못하시고 쓰러지셨습니다. 그건 기억나십니까?"

"어, 거기까지가 내 기억의 끝이다."

"그 후에 죽으신 줄 알았던 소궁주님이 자리에서 일어나셨습니다. 그리고는……."

"그리곤?"

"소궁주님의 몸에서 북해의 기운이 아닌 뜨거운 열기가 쏟아졌습니다."

"뭐라고?"

설무린이 놀라 눈을 크게 떴다.

뜨거운 열기라니…….

설무린이 익히고 있는 내공심법은 북해빙궁의 것이다. 북해의 무공은 모두 음기가 가득한 것. 그렇기에 내공심법 또한 그것에 맞는 종류의 것들뿐이다.

그런 자신의 몸에서 열기라니?

놀라면서도 설무린은 퍼뜩 생각나는 것이 있어 자신도 모르게 단전 부분을 바라봤다.

열기라는 말에 떠오르는 생각은 단 하나뿐.

바로 태양지체인 자신의 몸이다.

북설은 혹시나 하며 자신의 단전을 바라보고 있는 설무린에게 당시 상황에 대해 설명을 이어나갔다.

"소궁주님께서는 그 후에 빙마몽환검을 꺼내어 드시고는 이들을 단 일격에 모두 베어버렸습니다."

"하, 하하! 빙마몽환검을 뽑았었다고?"

믿을 수 없다는 듯이 설무린이 웃었다.

그렇지만 이내 설무린의 웃음소리는 점점 잦아들기 시작했다. 몇 차례나 뽑아보려고 했지만 단 한 번도 빙마몽환검을 뽑아내지 못했었다.

그런데,

'혼절을 한 상태에서 빙마몽환검을 뽑았다는 건가? 그것도 양강의 기운을 뿜어대면서?'

도대체 알 수 없는 일들뿐이다.

분명 태양지체의 기운과 빙마몽환검의 음기를 연결시키던 내공을 급한 와중에 끌어 썼다. 그리고 검강의 힘을 이겨내지 못하고 기절을 했는데 자신이 기억도 못하는 사이에 일어나 상대를 단 일격에 쓰러뜨렸단다.

설무린은 자신에게 묶여 있는 빙마몽환검에 손을 가져다 댔다.

"으윽!"

역시나였다.

빙마몽환검은 설무린을 거부하고 있었다. 힘을 줘도 빙마몽환검은 모습을 드러내지 않았다.

억지로 힘을 준 탓에 오히려 고통을 느낀 설무린이 인상을 찡그릴 뿐이었다.

설무린이 빙마몽환검을 내려다보며 중얼거렸다.

"내가 이걸 뽑았었단 말인지……."

"예, 제 두 눈으로 확실히 보았습니다."

"후우, 그런데 이놈이 지금은 내 말을 안 듣는군."

설무린은 주먹으로 가볍게 빙마몽환검을 툭툭 치면서 말했다.

어찌 된 일인지 정확히 모르겠지만 대충 설무린은 상황을 파악했다.

빌어먹을 신체라고 생각했거늘 이것이 오히려 설무린의 목숨을 한 번 구해준 모양이다. 정확히는 모르지만 태양지체의 기운이 살아나며 설무린은 정신을 잃은 와중에서도 무공을 사용했던 것이다.

물론 이 이후에도 똑같은 일이 반복된다면 살 수 있을지는 장담할 수 없다.

태양지체의 기운은 설무린을 집어삼키려 하고 있다.

슬쩍 눈을 감고 운기를 했던 설무린은 그러한 자신의 생각에 더욱 확신을 가질 수 있었다.

단전 일부분에 자리하고 있던 태양의 힘이 그 자리를 확 넓혀 버린 것이다. 이 이상 자라게 했다가는 단전 자체가 잡아먹혀 버리고 말 것이다.

그렇게 된다면 설무린의 내공으로 빙마몽환검의 음기를 연결시켜 태양지체의 힘을 억제시키는 것이 불가능하다.

설무린이 자리에서 일어나기 위해 다리에 힘을 주기 시작했다.

반쯤 몸을 일으켜 세웠던 설무린은 미끈하면서 그대로 주저앉아 버렸다.

땅바닥에 엉덩방아를 찧은 설무린이 머리를 긁적이며 중얼거렸다.

“젠장, 움직일 힘 하나 없군.”

그때 옆에 있던 북설이 다가와 설무린 앞에 허리를 굽혔다.

설무린이 가만히 허리를 굽힌 북설을 바라보다가 설마하는 표정으로 물었다.

“나보고 업히라는 거야?”

“예, 그렇습니다.”

북설이 확고한 어조로 대꾸했다. 아름다운 얼굴에 강인한 의지가 엿보인다.

방금 전까지만 해도 쓰러져 있는 설무린을 바라보며 울음을 터뜨렸던 여인이거늘, 지금에는 그러했던 방금 전의 모습은 찾아볼 수가 없다.

싫다며 거절을 하려던 설무린이었지만 지금은 그럴 수 있는 상황이 아니었다.

지금 같은 상태에서 이곳에 더 있다가 무슨 꼴을 당할지 모른다.

어쩔 수 없다는 듯 손을 뻗자 북설은 가볍게 설무린의 손목을 잡고 등 뒤로 업었다. 설무린을 등에 업은 북설이 걸음을 옮기며 악록산을 오르기 시작했다.

북설의 등에 업힌 설무린은 점차 편안해지며 눈이 감기기 시작했다. 부상 탓인지 온몸이 나른하게 늘어진다.

그때 말없이 악록산을 오르던 북설이 입을 열었다.

"소궁주님, 죄송합니다. 제가 많이 모자라서 소궁주님을 위험에 빠뜨렸습니다."

"됐다. 넌 해줄 만큼 다 해주고 있어. 오히려 고마울 지경이야."

"아닙니다. 그림자무사로서 주군보다 늦게 죽을 뻔했다는 것은 부끄러운 일입니다. 다시는 그런 일이 없게……."

"설아."

북설은 설무린이 부드럽게 자신을 부르자 입을 닫았다.

평소 설무린의 어투보다 훨씬 부드러운 목소리였다. 설무린은 북설의 등에 얼굴을 가져다 댔다.

그러한 설무린의 행동을 느꼈는지 북설의 얼굴이 붉게 변했다.

그나마 다행인 것은 설무린을 업고 있는 상태이기에 그런 북설 자신의 모습이 보이지 않는다는 거다.

"넌 나보다 먼저 죽지 말아라."

"…예?"

북설은 의외의 말에 놀라 반문했다.

설무린은 그런 북설을 향해 계속해서 말을 했다.

"만약에, 정말 만약에 말이다. 내가 정말 멍청하게 어떤 일

로 인해 죽는다고 치자. 그때… 내 죽음을 마지막으로 지켜봐
주는 게 다른 누구도 아닌 너였으면 좋겠구나.”

북설은 갑자기 숨이 턱하니 막혀왔다.

무엇인가 말을 하려고 하는데 목이 막혀 아무런 말도 하지
못하겠다. 북설의 등에 업혀 있는 설무린은 그대로 고개를 파
묻으며 말을 이었다.

“졸리네. 조금만 잘게. 잠깐만 등 좀 빌려주라.”

“…예.”

북설이 대꾸했다.

말을 마친 그녀는 설무린을 업은 채로 묵묵히 악록산을 올
랐다.

설무린은 보름가량을 열병에 시달렸다.

내상 같은 것은 오히려 치료되었지만 엄청난 고열에 시달
리며 자리에서 일어나지를 못했다.

악록산을 벗어나기가 무섭게 북설은 근방에 있는 마을에
몸을 숨겼다.

객잔 방 하나를 빌린 북설은 밤낮으로 설무린의 옆을 지키
며 그를 간호했다.

거의 기절하다시피 설무린은 잠에만 빠져서 시간을 보냈
다.

몸에서 뿜어져 나오는 열기가 얼마나 심한지 방 안은 마치

한여름을 연상케 할 정도로 후끈거렸다.

북설은 연신 차갑게 적신 천으로 설무린의 열을 식혔다.

말이 쉽지 보름이 넘는 시간을 거의 잠도 자지 않고 옆에서 그리 자리를 지키는 건 쉬운 일이 아니었다.

그런 북설의 간호 덕분인지 설무린은 보름의 시간이 지났을 무렵 자리를 털고 일어났다.

간신히 죽 정도의 식사가 가능하게 된 설무린은 그때부터 빠르게 몸 수습에 나섰다. 가장 먼저 운기조식에 들어갔던 설무린은 자신의 몸 상태를 확인했다.

내공을 돌리던 설무린은 점점 놀라기 시작했다.

'이건……'

엄청난 양의 내공이다.

설무린의 몸 안에 이전과는 비견도 할 수 없을 정도의 커다란 내공이 꿈틀거리고 있었다.

그게 다가 아니다.

단전, 단전의 넓이 또한 한없이 커져 있었다.

내공이 물이라면, 단전은 그 물을 담는 그릇이다. 제아무리 내공이 많다 해도 단전이 그 물을 담을 수 없다면 그건 없느니만 못한 것이다.

다행히도 단전 또한 내공만큼이나 늘어나 있어 모든 것을 수용하기에 무리는 없었다.

설무린이 운기조식을 마치고 눈을 떴을 때 옆자리를 지키고 있던 북설은 침상에 기댄 채로 잠에 빠져 있었다. 설무린은 그런 북설의 모습을 말없이 지켜봤다.

피곤하기도 할 것이다.

보름이 넘는 시간을 잠 한 숨 제대로 못 자고 간호에만 매달렸으니 말이다.

북설을 바라보는 설무린의 눈빛이 한없이 부드럽다.

'너는 참 좋은 아이다.'

정신을 차린 후 설무린의 몸 상태는 하루가 다르게 호전되는가 싶더니 채 오 일도 되지 않아 훌훌 자리를 털고 일어났다.

그런 모습을 북설은 걱정스럽게 쳐다봤지만 설무린의 몸 상태는 정말로 날아갈 것같이 가벼웠다.

이른 아침 북설과 함께 짐을 챙기고 설무린은 다시금 여정을 떠났다.

너무나 오랜 시간을 몸 때문에 지체했다.

아직도 사천까지는 머나먼 길이다.

설무린이 우겨 다시금 여정에 나서기는 했지만 북설은 연신 걱정스럽게 그를 바라봤다.

그런 북설의 시선을 느낀 설무린이 고개를 힐끔 돌리더니 물었다.

"응? 무슨 할 말이라도 있느냐?"

“아닙니다. 다만…… 몸 상태가 걱정이 되는지라.”

“괜찮다니까 그러네. 휴, 보여주지.”

설무린이 갑자기 말 등에서 훌쩍 뛰어내리더니 주변에 있는 커다란 바위를 향해 다가갔다.

바위 앞에 가서 멈추어 선 설무린이 깊게 숨을 내쉬었다.

바위의 크기는 어른 장정에 버금갈 정도로 컸다. 그 바위에 설무린이 가볍게 손을 가져다 댔다.

그러자,

바위에 가져다 댔던 손을 뗀 설무린이 몸을 돌렸다.

그리고 마침 때맞추어 불어온 가벼운 바람이 바위를 감싸는 순간.

사아악.

바위의 형상이 사라져 갔다.

그리고 그 커다랬던 바위는 흙처럼 가루가 되며 사방으로 흩날렸다.

설무린이 두 어깨를 으쓱하며 말했다.

“어때? 이 정도면 충분하고도 남지?”

“…대단하시군요.”

북설은 놀란 눈으로 사라진 바위를 보며 중얼거렸다. 잘라내는 것이나 부수는 것이었다면 모를까 이리도 쉽게 손을 댄 것만으로 바위를 가루로 만들다니.

며칠 전까지만 해도 죽을 것같이 골골거리던 환자라고는

믿을 수 없는 몸 상태다.

말 위에 다시 오른 설무린이 자신의 손을 내려다봤다.

새로 생겨난 어마어마한 내공.

아직까지 익숙하지 않기는 하지만 곧 이놈들이 자신의 몸처럼 느껴지게 될 것이다.

그리고 설무린은 이전에 비해 훨씬 강해질 수 있다.

설무린이 조심스레 빙마몽환검에 손을 가져다 댔다.

이놈… 이놈을 다시 뽑았었다고 했다.

어릴 적 설군표를 처음 만난 그날 이후 단 한 번도 뽑지 못했던 이 빙마몽환검을 말이다.

잘은 모르겠지만 태양지체인 설무린 자신의 신체와 어떠한 연관이 있는 것이 분명하다.

다시 한 번 빙마몽환검을 뽑고 싶은 마음은 간절하지만……또 그런 상태에 들었다가는 영영 눈뜨지 못할 수도 있다.

'천천히 가자.'

지금 중요한 것은 빙마몽환검과 태양지체가 아니다. 하루라도 빨리 사천당문에 도착하여 흡혈잠마지독의 해약을 만드는 것이 시급하다.

"며칠 쉬었으니 신나게 달려볼까? 이럇!"

설무린이 힘차게 소리쳤다.

*　　　*　　　*

착잡하다.

이러한 기분을 어떠한 말로 표현해야 좋을지 모르겠다.

넓은 객잔.

그렇지만 객잔에는 오직 한 노인만이 자리하고 있었다. 그의 앞에는 간단한 술과 안주들이 있었다. 하지만 어느 정도 비어 있는 것을 보니 아까부터 술자리를 시작했던 모양이다. 그리고 그 한편에 방금 날아온 서찰 한 장이 놓여 있었다.

술잔을 든 손을 부들부들 떨려온다.

이빨도 으드득 갈리면서 분기가 머리끝까지 치솟는다. 당장이라도 머리가 깨질 것같이 아파온다.

노인은 바로 인회주였다.

방금 전까지만 해도 인회주의 기분은 괜찮았다.

구하기 귀한 술을 운 좋게 구해 그 맛을 음미하고 있던 탓이다.

신선주라고까지 불리는 술에 흠뻑 빠져 있던 인회주에게 서찰 한 장이 날아온 것은 불과 반 각도 되기 전이다. 그리고 서찰을 보는 순간 하늘을 날던 인회주의 기분은 바로 바닥으로 곤두박질쳐 버렸다.

"허, 허허……."

무슨 말을 해야 할까.

서찰 안에 적힌 내용을 믿기라도 해야 한다는 것인가?

쨍!

손아귀에 들려 있던 술잔이 그대로 균열이 가며 부서져 버렸다.

인회주의 손이 술에 젖었다.

하지만 인회주에게 그러한 것은 전혀 중요한 사안이 아니었다.

그저 서찰에 적혀 있던 내용이 계속해서 머리를 맴돈다.

"죽었다고…… 다른 놈도 아니라 혈영신마 연위지가 죽었다니…… 하하하!"

인회주는 웃음을 터뜨렸다.

너무나 어처구니가 없고, 믿을 수가 없기에 오히려 웃음만 흘러나온다.

혈영신마 연위지.

화산파의 장문인을 꺾었고, 화산파 자체를 농락한 인물이다. 인회주인 자신과는 그리 사이가 좋지는 못했지만 그 실력만큼은 인정했다.

그런 연위지가 패했다.

그것도 혼자도 아니라 암혼지옥단을 이끌고 가서 패한 것이다.

설무린이라는 아직 어린 애송이에게!

벽력궁의 궁주에게 연락이 오고 나서 인회주는 내심 설무린을 죽일 만한 최고의 패를 생각했다.

그 어떠한 만약의 경우가 생기더라도 결코 임무를 실패하지 않을 거라고 생각한 자.

인회 내에서 자신을 제하고 가장 강한 연위지를 보낸 것은 그 탓이다.

거기다 연위지의 수하들인 암혼지옥단도 보냈다.

그들이 죽이지 못하는 이는 단 하나도 없으니까.

그런데…… 도리어 당했다.

인회주가 생각한 최고의 패가 북해빙궁 소궁주에게 그대로 깨져 버린 것이다.

'그놈이 그리도 강하단 말인가?'

벽력궁 내에서 조사한 설무린의 위험수위는 그리 높지 않았다.

재능이 있고 무공이 강하기는 하지만 그 정도야 마음만 먹는다면 언제든지 제거할 수 있는 수준이라고 판단해서다.

결단코 설무린이 연위지의 위라고는 판단하지 않았다. 물론 인육마를 죽이기 전까지는 그보다 훨씬 아래라고 정의내리고 있었지만 말이다.

그리고 이제 또다시 벽력궁은 설무린에 대한 판단을 바꿔야만 했다.

'대체 놈의 실력은 어느 정도란 말인가?'

화산파를 농락했던 연위지와 그가 이끄는 암혼지옥단보다 강한 패는 인회에 없었다. 그렇다고 해서 설무린 하나를 죽이기 위해 사방에 퍼져 있는 인회의 힘을 긁어모을 수도 없는 노릇 아니던가.

빈대 하나 잡으려다 초가삼간 다 태울 수는 없는 일.

'…하지만 과연 놈이 빈대에 불과한가?

아니!

빈대였다면 이토록 반드시 죽여야 한다고 생각하지는 않았을 게다. 그리고 궁주가 어떠한 피해를 감수하고라도 설무린을 죽이라고 명했다.

그건 다 이유가 있을 터다.

인회주는 가만히 앉은 채로 상념에 잠겼다.

인회를 불러 모은다면 한동안 해왔던 일들 중 몇 가지는 실패로 돌아갈 수도 있다.

그러한 피해를 감수하면서라도 북해빙궁 소궁주인 설무린을 죽여야 하는 것인가?

미동도 않던 인회주가 자리에서 일어났다.

결정을 내린 것이다.

인회주가 허공을 향해 나지막이 말했다.

"그들을 불러와라."

"…지금 말씀이십니까?"

허공에서 들려오는 목소리에 인회주가 짜증이 났는지 쏘아붙이듯 말했다.

"언제부터 네가 나에게 질문을 하였더냐! 그놈들 모두에게 수하를 이끌고 돌아오라고 해. 지금 당장!"

"…존명!"

허공에서 말을 뱉어내던 이는 그대로 객잔에서 사라졌다.

그리고 이제 객잔에는 인회주 홀로 앉아 있었다. 인회주는 지금 엄청난 피해를 감수하고서라도 설무린을 죽이기로 마음먹은 것이다.

그랬기에 중원에 퍼져 있는 자 중 필요한 몇을 이곳으로 불러 모았다.

물론 시간은 다소 걸릴 것이다.

하지만 그만큼 확실히 북해빙궁 소궁주를 죽일 수 있다고 자부한다.

깨져 버린 잔과 남아 있는 술을 바라보던 인회주가 낮게 중얼거렸다.

"이번만큼은 반드시……."

더 이상의 실패는 용납될 수 없다. 그리고 그것이 바로 벽력궁 궁주의 뜻이기도 하다.

第九章
귀주성(貴州省)

그날의 습격 이후 설무린은 아무런 방해도 없이 목적지인 사천을 향해 달려갈 수 있었다.

당시의 상황으로 봐서는 당장이라도 재차 목숨을 노리고 달려들 거라고 추측했거늘, 그런 생각을 비웃기라도 하는 것마냥 그들은 쥐 죽은 듯이 조용했다.

마치 설무린을 잊은 듯이 말이다.

몸 상태가 회복된 이후 설무린과 북설은 쉬지도 않고 사천을 향해 달렸다. 그 덕분인지 제법 짧은 시간 안에 귀주성(貴州省)에 도착할 수 있었다.

귀주성은 동쪽으로 호남성 서쪽으로는 운남성, 남쪽으로

광서성, 북쪽으로는 사천성과 인접해 있다.

귀주성 삼도(三都).

객잔에 중년의 사내 한 명과 열예닐곱 정도 되어 보이는 아직은 소녀티가 물씬 풍기는 여자가 있었다.

아직 완전한 여인이라고 부르기는 뭐했지만 소녀는 무척이나 아름다웠다.

이삼 년 후가 기대될 정도로 소녀의 미모는 빼어났다.

하지만 그런 소녀의 입가에 아름다운 외모와는 조금 어울리지 않는 심술기가 가득했다.

소녀는 앞에 있는 중년 사내의 팔을 흔들며 졸랐다.

"숙부! 약속하셨잖아요. 이번에 나오면 중원 구경을 시켜 주신다고!"

"쯧쯧. 이 녀석아, 그 정도 봤으면 됐지 아직도 모자라다더냐?"

"에이! 그거 며칠 봤다고요?"

소녀가 조르듯이 다시금 숙부라 부른 중년의 사내를 채근했다.

하지만 사내는 씨알도 안 먹힐 법한 표정으로 고개를 돌린 채로 소녀를 외면했다.

"어어? 숙부, 이러기예요?"

소녀가 양손을 허리에 가져다 대며 두 눈을 매섭게 치켜떴다.

그 모습이 귀여웠는지 사내가 손으로 소녀의 머리를 쓰다듬으며 말했다.

"화야, 문파에 이것들이 당장 필요하지 않더냐. 중원 구경은 내년에 다시 하자꾸나."

"힝……."

아쉽다는 듯 콧소리를 내기는 했지만 소녀 또한 지금의 상황을 아는지 더는 조르지 않았다.

중년의 사내가 자신의 봇짐을 바라봤다.

'예상보다 더 걸렸군.'

귀주성에 있는 산들과 근방을 돌며 수많은 약재와 독초들을 구했다.

중년 사내와 소녀는 바로 사천당문의 사람이었다.

사내의 이름은 당한림(唐翰臨), 소녀의 이름은 당서화(唐西花)로 임무를 받고 사천당문을 나왔던 것이다.

그리고 지금 그 임무를 끝마치고 사천당문으로 돌아가는 길이었다.

'아직도 제법 남았군.'

오랜 시간 바깥 생활을 하다 보니 한시라도 빨리 사천당문으로 돌아가고 싶은 그다.

그런데 어린 당서화는 아직까지도 중원 구경을 하고픈 모양이다.

'젊다는 건 좋은 것이지. 허허.'

자신의 젊었을 적을 생각하며 당한림 또한 묘한 미소를 지었다.

젊은 무인이라면 누구나 중원을 동경하고 꿈꾸지 않던가. 젊은 날의 당한림도 크게 다르지 않았다.

날씨가 추운 탓에 몸도 움츠러들거늘 당서화는 쉬지도 않고 이야기를 해댔다.

시끄럽다고 눈살을 찌푸릴 만도 하련만, 눈에 넣어도 아플 것 같지 않은 질녀(姪女)가 아니던가.

당한림은 귀엽다는 표정으로 당서화를 응시하고 있었다.

그때 객잔 문이 열리며 찬바람이 일순 안으로 흘러들어 왔다.

추위에 가볍게 몸을 떤 당한림이 들어온 이들을 슬쩍 훑으며 지나갔다.

한데,

"……!"

시선을 돌리기가 무섭게 당한림의 고개가 빠르게 돌아갔다.

당한림의 시선은 막 들어온 젊은 남녀에게로 향했다. 정확히 말해서는 바로 여인에게.

너무나 아름다웠다.

하늘에서 내려온 선녀를 연상케 할 정도의 아름다움을 가진 여인이었다.

꾸미지 않고 오히려 흑색의 무복을 입고 있는 여인이었지
만 그것만으로 미모를 감출 수 없을 정도로 아름다웠다.

하지만 그 아름다움이 당한림의 시선을 잡았던 것은 아니
다.

분명 모든 것이 혹할 정도로 아름다웠지만 당한림에게 중
요한 것은 그게 아니었다.

당한림이 갑자기 놀란 표정으로 옆을 바라보고 있자 신나
게 이야기를 하던 당서화가 그쪽을 힐끔 보며 감탄 어린 말을
쏟아냈다.

“히야! 둘 모두 대단한데요?”

짓궂은 표정을 지어 보이며 당서화가 당한림의 옆구리를
쿡쿡 쑤시며 장난스럽게 웃었다.

“킥킥. 설마 숙부, 저 여자 분한테 반한 건 아니겠죠? 나이
가 있으신데…….”

평소에 당서화의 장난을 잘 받아주는 그였지만 지금 당한
림의 머리는 백지장만큼 하얗게 변한 상태였다.

옆에서 장난을 거는 당서화의 목소리조차도 전혀 들리지
않는다.

당한림이 여인을 바라보며 놀란 어투로 중얼거렸다.

“누님…….”

“에? 숙부, 누님이라뇨?”

뭔가 이상하다는 걸 눈치 챘는지 당서화의 장난기도 싹 걷

했다.

지금 객잔에 나타난 젊은 여인을 바라보는 당한림의 눈동자가 크게 흔들리고 있었다.

그건 다름 아닌 지금 나타난 젊은 여인이 당한림의 사라진 누이와 너무나 흡사했기 때문이다.

당한림의 눈길을 확 빼앗아간 여인.

그건 다름 아닌 북설이었다.

잠시 넋을 잃었던 당한림은 급히 고개를 저었다.

'아니! 그럴 리가 없다. 누님을 빼다 박기는 했지만 누님은 아니야. 하지만 어찌 저리 똑같을 수가 있단 말인가? 거기다가 누님은 북해에서 돌아가셨다고 들었거늘⋯⋯.'

침착해지자 주변의 상황이 눈에 들어온다.

놀란 듯이 자신을 바라보는 당서화도, 그리고 놀라울 정도로 누님을 빼다 박은 여인의 옆에 있는 사내도 말이다.

'누구지?

한눈에 봐도 사내는 범상치 않아 보였다.

하얀 피부는 사내답지 않았지만 몸에서 풍기는 기도는 범상치가 않다.

행색을 보아하니 어딘가 대단한 곳에 소속된 무인인 것이 분명하거늘 누구인지 모르겠다.

저 정도의 외모를 지닌 자들이라면 소문이 날 법도 하련만 사내도, 여인도 전혀 정체를 알 수가 없었다.

객잔에 들어서서 한 구석에 자리한 둘은 간단한 것을 주문하더니 이내 식사를 하기 시작했다. 둘 모두 입을 닫고 있었기에 대화를 통해 둘의 정체를 알아내 볼까 하는 계획은 성공할 수가 없었다.

'믿을 수가 없군.'

세상에 비슷한 사람이 있을 수도 있다. 하지만 당한림은 도저히 그리 생각되지만은 않았다.

흡사한 외모뿐만이 아니다.

분위기…… 풍기는 분위기 또한 당한림의 누이를 빼다 박았다.

아주 오래전 사랑하는 사내를 따라 집을 나섰던 자신의 누이…….

아버지는 대노하셨지만 당한림은 다른 가문의 사람들과는 달리 누이를 이해하려고 노력했다.

나이 차가 적었던 만큼 당한림이 가장 믿고 따르던 것이 바로 누이 당미진이다.

그만큼 당문을 떠나간 누이가 서운했지만 당한림은 그녀의 행복을 빌었다.

그런 그의 앞에 누이였던 당미진의 외모와 분위기 모두를 빼다 박은 여인이 나타났다.

은근슬쩍 둘이 알아차리지 못하게 살피던 당한림이었지만 무엇도 알아낼 수가 없었다.

그리고 식사를 마친 둘이 자리에서 일어나 바깥으로 걸어 나갔다. 막 둘이 당한림의 뒤를 지나가는 순간 그의 심장은 미칠 듯이 뛰기 시작했다.

그리고는,

벌떡.

둘이 밖으로 나가기가 무섭게 당한림이 자리에서 일어났다. 앞에 쪽에 앉아 있던 당서화는 놀란 눈으로 당한림을 바라봤다. 그가 급히 봇짐을 짊어지며 말했다.

"조심해서 따라오너라!"

"숙부, 대체 무슨……."

"자세한 이야기는 나중에 할 테니 어서!"

"……."

당서화로서는 급히 자신의 짐을 짊어질 수밖에 없었다. 짐을 챙기기 무섭게 당한림은 문을 박차고 뛰쳐나왔다. 그리고는 급히 주변을 두리번거리기 시작했다.

둘의 모습이 보이지 않자 당한림의 눈이 크게 떠졌다.

'방금 막 나갔는데 대체 어디…….'

나가기가 무섭게 뒤쫓아 나온 것이거늘 둘의 모습이 없다. 당한림은 침착하게 주변을 살폈다.

사천당문의 인물들은 독술과 암기술뿐만이 아니라 추적술에도 능하다. 당한림은 빠르게 머리를 굴리며 상황을 파악하기 시작했다.

‘제법 먼 곳에서 온 행색이었는데 들고 있던 짐이 없었다. 그 말은 곧……!’

말!

말이다!

말을 타고 왔을 것이 분명하다. 당한림이 다급하게 객잔 뒤편에 있는 마구간을 향해 달리기 시작했다. 그렇게 급히 당한림이 마구간에 도착했을 때다.

‘말이 있어? 그렇다면 그들은…….’

“대체 누군데 이렇게 뒤를 쫓는 겁니까?”

“헉!”

뒤쪽에서 들려온 목소리에 대경실색(大驚失色)하며 당한림은 자신도 모르게 짧은 비도 하나를 뽑아 들고 몸을 돌렸다. 뒤편으로 시선을 돌렸던 당한림의 눈에 들어온 것은 객잔에서 봤던 그 두 남녀였다.

이내 뒤쫓아 왔던 당서화가 대치되어 있는 상황을 보며 암기를 꺼내어 들면서 소리쳤다.

“숙부!”

“잠깐! 가만히 있어라.”

당한림이 손을 들자 암기를 뿌리려던 당서화가 멈추어 섰다. 자신의 손에 들린 비도 또한 품으로 집어넣은 당한림이 포권을 취하며 사과의 뜻을 밝혔다.

“미안하게 됐네. 실례인 걸 알면서도 어쩌다 보니 이리 뒤쫓게 된 듯하이.”

정중하게 말을 하는 당한림의 어투에서 진심을 느꼈는지 설무린은 날카로운 눈빛을 거두었다.

처음 객잔에 들어섰을 때부터 설무린과 북설은 자신에게 향하는 시선을 느꼈다. 하지만 그 시선에 살의가 담기지 않았기에 손을 쓰지 않았던 것뿐이다.

그러던 와중에 당한림이 뒤쫓아 나오기까지 하자 정체를 밝혀내고자 이토록 나타난 것이다.

“뭐, 저희가 피해를 입은 것도 아니니 그냥 넘어가도록 하지요. 그런데 왜 저희를 쫓으신 겁니까?”

“음… 그것이……..”

말하기 다소 애매한지 당한림이 말끝을 흐렸다.

생면부지의 남에게 시시콜콜 이야기할 정도로 누이에 관한 일은 가볍지 않았다. 사천당문 내에서도 친 혈육 외에는 거의 모르는 일이 바로 이것이 아니던가.

설무린이 의심스럽다는 듯이 쳐다보자 당한림이 앞뒤 상황을 자르고 말했다.

“저 여인이 내가 알던 분과 너무나 흡사하였기에 놀라 쫓아온 것일세.”

당한림의 그 말에 설무린은 움찔했다.

당한림과 당서화의 행색도 그러하고, 방금 전 위기상황에 대처하던 이들의 모습에서 어떠한 사실을 알아차린 것이다.

검이 아닌 비도와 암기를 꺼내어 들었다.

거기다가 북설을 보고는 누군가와 많이 닮았다는 말에서 결정적인 확신을 가질 수 있었다.

'사천당문…….'

설무린은 이 두 사람이 사천당문의 사람이라는 것을 알아차린 것이다.

당한림은 이왕 이렇게 된 것 속 시원하게 알아나 보자는 생각으로 설무린과 북설에게 물었다.

"미안하지만 신분을 물어도 되겠는가? 신분을 말하기 뭐하다면 소저의 어머니에 대해 조금 물어보고 싶은데……."

북설을 바라보며 말을 거는 당한림의 표정에는 진심이 가득했다.

하지만 북설은 가볍게 고개를 저으며 대꾸했다.

"저 또한 어머니에 대해 잘 알지 못하는지라 대답해 드릴 말씀이 없는 것 같습니다. 그리고 저희의 신분이라면……."

북설이 설무린을 바라봤다.

굳이 신분을 감추고 다닌 적은 없다. 오히려 당당하게 정체를 밝히며 자신들의 행보를 중원에 알리지 않았던가. 하지만 북설은 경솔하게 행동하지 않았다.

설무린 또한 자신을 바라보는 북설의 시선을 느꼈다.

'끙.'

골치가 아파왔다.

상대는 다름 아닌 사천당문의 사람이다. 정체를 말했다가 커다란 싸움이 벌어질지도 모른다. 하지만 그렇다고 해서 굳이 정체를 감춘다면…….

지금 설무린이 향하는 곳은 다름 아닌 사천당문이다.

사천당문에 갔다가 이들을 만나게 될 수도 있지 않은가.

감추기도 뭐하고, 그렇다고 당당하게 정체를 말할 수도 없는 묘한 상황에 처하게 된 것이다.

잠시 머뭇거리던 설무린이 이내 당한림에게 말했다.

"제가 먼저 하나 묻지요. 사천당문의 분들이십니까?"

"허, 그걸 어찌……."

전혀 티를 내지 않았는데도 불구하고 자신들의 정체를 알아낸 설무린을 당한림이 놀란 눈으로 바라봤다.

그러자 설무린이 오해 말라는 듯 손사래를 치며 말을 이어 나갔다.

"제가 갑자기 나타났을 때 대처를 하시는 것이 일반 무인 같지 않아서 묻는 겁니다. 가장 가까운 곳에서 암기로 유명한 곳은 사천당문뿐이니까요."

"눈썰미가 제법 좋은 친구로군. 자네의 말이 맞네. 나는 당한림이라 하고, 이 아이는 내 질녀인 사천당문 문주님의 딸인 당서화라고 하네."

"당서화라고 해요."

기다렸다는 듯이 당서화가 끼어들며 인사를 건넸다.

그러자 당한림이 가볍게 그녀를 막아서며 다시금 이야기를 이어나갔다.

"한데 그건 어찌하여서 묻는가?"

"흠……."

설무린은 뒷머리를 긁적거렸다.

가뜩이나 사천당문의 사람들이 북해빙궁을 적대시한다고 들었다.

그런데 그걸로 모자라 당문의 직계들이라니…….

현 당문의 문주는 바로 북설의 어머니인 당미진의 친오라비다.

거기다 당서화를 질녀라 부르는 당한림이라면 당문 문주의 동생이 된다는 소리다.

그 말은 당한림 또한 당미진과 친 혈육이라는 것 아닌가.

그토록 가까운 사이라면 더더욱 자신들의 정체를 숨기면 안 된다고 설무린은 판단했다.

하지만 그전에 해야 할 것이 있었다.

"당 대협과는 할 이야기가 있을 듯하군요."

"할 이야기라니?"

"이야기가 제법 길어질 것 같은데 자리를 옮기지요. 그리고 제가 먼저 해야 할 일도 있고요."

설무린이 북설을 바라봤다.

북설은 설무린의 행동에 다소 의아스럽다는 표정을 짓고

있었다.

그리고 당한림 또한 설무린의 행동에 다소 머뭇거린 것이
사실이다.

전혀 본 적이 없는 자가 자신의 정체를 듣고 나서 해야 할
이야기가 있다고 나섰다.

만약 눈앞에 있는 여인이 사라진 자신의 누이인 당미진을
닮지 않았더라면 쉽사리 마음을 정하지 못했을 게다.

하지만 오래전 헤어진 누이와 판에 박은 듯 모든 것이 흡사
한 이 여인…… 여인의 모습 때문에 평상시 조심성이 많은 당
한림이 움직였다.

"그렇게 하도록 하지. 앞장서게."

당한림이 결단을 내리자 설무린이 먼저 말을 이끌고 몸을
돌려 마을을 빠져나가기 시작했다.

뒤쪽에서 말없이 설무린과 북설을 쫓던 중 당서화가 조그
마한 목소리로 당한림에게 말을 걸어왔다.

"숙부, 둘 모두 범상치 않아 보이던데 이렇게 따라가도 괜
찮겠어요?"

"무서우면 넌 이곳에서 기다리거라. 내 반드시 알아야 할
일이 있으니 말이다."

"칫! 누가 무섭대요?"

당서화는 콧방귀를 끼며 고개를 홱 하니 돌렸다. 금지옥
엽(金枝玉葉)처럼 자라던 당서화로서는 지금의 상황이 그리

맘에 들지만은 않았다.

평소에는 그토록 웃음 많고 다정하던 숙부이거늘, 지금은 무엇에 넋을 잃었는지 당서화에게는 전혀 신경조차 쓰지 않고 있지 않은가.

심통은 나지만 당서화 또한 그리 생각이 얕지는 않았다.

'뭔가 있기는 한데…… 뭔지 모르겠단 말이야.'

숙부인 당한림과 저 여인 사이에 무엇인가 묘한 것이 있는 듯한데 그것이 뭔지 모르겠다.

잠시 머리를 굴리던 당서화는 머리만 아파오자 됐다는 듯 고개를 흔들었다.

어차피 잠시 후면 알 일이다.

일각가량을 걷던 중 설무린이 자리에 멈추어 섰다.

조용히 말을 옆에 있는 나무에 묶은 설무린이 고개를 돌려 뒤쪽에 있는 당한림을 바라봤다.

당한림은 기다렸다는 듯 빠르게 물어왔다.

"나와 해야 할 말이 있다더니 그게 무엇인가?"

"잠시만, 그전에 이 아이와 잠시 해야 할 말이 있습니다."

설무린이 북설을 바라보며 말했다. 설무린이 자신과 해야 할 말이 있다고 하자 북설은 살짝 놀란 듯이 쳐다봤고, 당한림은 잠시 표정을 구겼다.

하지만 이내 당한림 또한 고개를 끄덕였다.

"그렇게 함세. 오래 걸리겠는가?"

“아뇨. 금방 끝날 겁니다. 이곳에서 잠시만 기다려 주시지요.”

당한림과 이야기를 하기 전, 설무린은 북설과 대화를 나누기로 마음먹었던 것이다.

다른 사람이 아닌 자신의 입으로 직접 이 같은 사실을 말해 주고 싶다.

설무린이 북설을 바라보며 말했다.

“잠시 할 이야기가 있다. 날 따라오너라.”

“알겠습니다.”

북설은 순순히 고개를 끄덕였다. 무슨 일인지 모르겠지만 설무린의 표정이 가볍지 않다.

설무린은 북설을 데리고 당한림과 어느 정도 거리를 벌렸다. 자신들의 이야기가 당한림에게 흘러들어 가길 원치 않았기 때문이다.

이 정도면 됐다고 생각했는지 설무린이 발걸음을 멈추었다.

발을 멈추고 북설을 마주 보기는 했는데 설무린은 잠시 입을 꾹 닫았다.

다소 말을 꺼내기 어려운 사안이었기에 섣불리 이야기를 시작하지 못하는 것이다. 하지만 어차피 해야 할 이야기다. 감춘다고 해서 해결될 문제는 아니다.

마음을 정한 설무린이 입을 열었다.

“설아, 네 어머니에 대해 얼마나 아느냐?”

“어머니 말입니까?”

북설이 되묻자 설무린이 고개를 끄덕였다. 가만히 서 있던 북설이 이내 대답했다.

“거의 없습니다. 아버지 또한 저에게 어머니 이야기는 하지 않으시니까요.”

“사실은…… 얼마 전 북해에게서 서찰을 받았다. 그리고 그곳에 네 어머니에 대한 이야기가 적혀 있었지.”

“제 어머니……?”

“그래, 네 어머니는 바로 사천당문의 당미진(唐美眞)이라는 분이셨다고 하더라.”

“……”

북설은 일순 말이 없었다.

설무린은 서찰에 적혀 있었던 북해와 당미진의 이야기를 하기 시작했다.

둘이 사랑이 어떻게 시작이 되었고, 어떠한 결말을 맺었는지도. 설무린은 자신이 아는 모든 것을 이야기했다.

이야기를 끝낸 설무린이 북설을 바라봤다.

북설을 바라보던 설무린은 그녀가 크게 동요하지 않는다는 것을 알아차렸다. 꽤나 놀라거나 그게 무슨 소리냐고 물을 거라 생각했거늘 북설은 그러지 않았다.

그리고 도리어 내뱉은 북설의 말에 설무린이 놀랐다.

"역시였군요."

"역시라니? 혹시 알고 있었느냐?"

"정확히는 알지 못했습니다. 다만 일전에 주모님께서 사천
당문의 당미진이라는 이름을 입에 올리셨었습니다. 그랬기
에……."

"아."

설무린은 잊고 있었던 일을 기억해 냈다.

설군표가 흡혈잠마지독에 당했던 그 연회 때 설무린의 어
머니인 매여령이 북설을 보다 눈시울을 붉히며 당미진에 대
해 언급한 적이 있었다.

북설이 조용히 자신들이 걸어온 길을 바라봤다.

"그렇다면 저기 계신 분은 저에게 어찌 되시는 겁니까?"

"외숙부가 되시겠지."

"외숙부……."

북해를 제하고는 일가 피붙이 하나 없었다고 믿으며 살아
왔던 북설이다. 그런 북설에게 사실은 엄청나게 많은 피붙이
들이 살고 있었다.

그것도 사천당문이라고 불리는 무림 오대세가 중 하나인
바로 그곳에.

설무린은 북설의 표정을 살피다가 물었다.

"괜찮으냐?"

"뭐가 말이십니까?"

“아니, 그게 뭐…….”

설무린은 그답지 않게 어색하게 말을 끌었다.

어떻게 말을 해야 하나 망설이는 설무린에게 북설이 입을 열었다.

“혹 제가 동요하지 않을까 생각하셨나 본데, 저는 괜찮습니다.”

“뭐, 아무래도 그렇기는 했는데…… 예상보다 담담하게 받아들이는구나.”

“사랑하셨습니다.”

“…….”

“두 분은 서로를 정말로 아끼셨을 겁니다. 그거면 충분하다고 전 생각합니다.”

북설은 자신의 마음속에 담아두었던 말을 꺼냈다.

어머니…… 듣기만 해도 아련한 말이다.

어렸을 때에는 왜 자신에게는 어머니가 없냐며 울었던 적도 있다.

하지만 이제는 안다.

그럴 때마다 항상 슬픈 표정을 지어 보였던 아버지 북해를 북설은 기억하고 있다. 북설 자신이 어머니에 관한 이야기를 하는 날 밤마다 북해는 홀로 밤을 지새웠다.

평생을 죽은 어머니만을 생각하며 살아온 북해였다.

그런 아버지와 어머니의 사랑에 관한 이야기를 들으니 오히려 측은지심이 생긴다.

얼마나 사랑했기에 서로 모든 것을 버릴 수 있었던 것일까?

북설의 태도는 여태까지 한동안 이 같은 일 때문에 고민하던 설무린의 행동을 쓸모없는 것으로 만들어 버렸다.

설무린은 슬쩍 고개를 돌리고 혼잣말을 중얼거렸다.

"젠장, 왜 혼자 걱정을 했는지 원⋯⋯."

그러면서도 내심 북설이 이 같은 일에 흔들리지 않은 것을 다행이라고 생각하는 설무린이었다.

북설이 걱정스럽다는 듯이 말했다.

"북해빙궁과 사천당문이 그 같은 관계라면 해약을 받는 데 곤란하지 않겠습니까?"

"그렇다고 해서 피할 수도 없는 노릇이지."

사천당문은 최후의 보루다.

만약 사천당문에서조차 불가능하다고 하면 딱히 답이 없다. 마지막 수로 남만으로 가볼 수는 있지만 그곳에서 누구를 만나 해약을 부탁한단 말인가.

남만을 대표하던 독 문파였던 오독문은 무너진 지 오래다.

설무린은 사천당문의 두 사람을 놓고 온 쪽을 바라보며 침착하게 말했다.

"어떻게 되든 부딪혀는 봐야겠지. 가자, 설아."

"예."

짧게 대답을 마친 북설은 설무린의 뒤를 따라 원래의 장소로 돌아왔다. 그곳에는 초조한 표정으로 설무린과 북설을 기다리던 당한림이 있었다.

당한림은 둘이 모습을 드러내자 얼굴에 화색을 띠고는 급히 다가왔다.

막 두 사람에게 다가오는 당한림을 향해 설무린이 입을 열었다.

“당미진.”

“……!”

움찔하며 당한림이 멈추어 서서 설무린을 바라봤다. 자신은 단 한 번도 당미진이라는 자신 누이의 이름을 내뱉었던 적이 없다.

그런데 설무린이 단숨에 그 이름을 꺼낸 것이다.

“그 이름을 어찌…….”

“제 정체부터 우선 밝히지요. 저는 북해빙궁에서 온 설무린이라고 합니다.”

“자네가…… 북해 소궁주?”

“그렇습니다.”

설무린이 고개를 끄덕였다.

그러자 당한림이 다급히 북설을 바라봤다. 북해빙궁에서 온 소궁주라면 저 여인 또한 북해에서 왔다는 뜻이다.

그건 곧…….

"이 여인이 그분의 여식입니다."

"하, 하하하!"

당한림이 웃음을 터뜨렸다.

하지만 그의 눈에는 눈물이 맺히기 시작했다. 당한림이 웃음을 멈추더니 북설에게 다가왔다.

북설의 코앞까지 다가온 당한림이 그녀를 인자한 눈으로 바라보며 물었다.

"네 이름이 무엇이더냐?"

"북설이라고 합니다."

당한림은 뚫어져라 북설을 바라봤다.

가까이 다가와서 보니 더더욱 당미진의 모습이 눈에 들어오기 시작했다.

언제나 자신의 옆에 있어주었던 든든한 누이.

당한림이 부들부들 떨리는 목소리로 입을 열었다.

"내가…… 너의 외숙부란다."

말을 마친 당한림이 북설의 손을 꽉 잡으며 눈물을 쏟기 시작했다.

오래전 잃어버렸던 누이 당미진이 눈앞에 있는 것만 같았기에 당한림은 쏟아지는 눈물을 참을 수가 없었다.

북설의 정체를 안 당한림은 한참을 그녀의 손을 잡고 놓지 않았다. 그리고는 북설에게 자신의 누이인 당미진에 대한 이런저런 이야기를 해주기 시작했다.

누이의 혈육을 만났다는 생각 때문인지 당한림의 입에서는 미소가 걷혀지지 않았다.

북설에게 당미진에 대해 이야기하는 당한림을 보며 설무린은 내심 안도의 한숨을 내쉬었다. 다행히 이자는 북해빙궁에 큰 나쁜 감정을 지니지 않은 듯하다.

오히려 도망친 당미진을 이해하기 위해 노력했다지 않은가.

한참을 북설을 보며 싱글벙글 웃던 당한림이 이야기를 어느 정도 이야기를 끝냈는지 설무린에게로 시선을 돌렸다.

이해는 하지만 그리 마음이 편하지는 않은지 당한림이 살짝 미소를 거두며 말했다.

"북해빙궁의 소궁주가 무림에 나왔다는 말은 들었네만…… 이렇게 만나게 될 줄은 몰랐군. 뭐, 자네도 알겠지만 우리 사천당문과 북해빙궁은 사이가 좋지 않네. 나 또한 북해빙궁을 그리 좋아하지 않지."

"알고 있습니다."

"휴, 누이의 마음을 이해하기에 나는 크게 뭐라 하지 않겠네. 자네의 잘못도 아니니까."

"이해해 주시니 감사합니다."

북설을 따뜻하게 바라보던 당한림이 퍼뜩 생각난 듯이 물었다.

"듣기로는 배필감을 구하러 다닌다고 하던데…… 그게 사실인가?”

“후후, 글쎄요.”

설무린이 애매모호한 웃음을 지어 보였다.

그러자 당한림이 고개를 끄덕이며 뭔가를 알아차린 듯이 말했다.

“역시 다른 이유가 있었군. 이유를 물어도 되겠는가?”

“필요한 것이 있어 사천으로 가는 길입니다.”

“사천으로 말인가?”

사천이라는 말에 당한림이 고개를 갸웃했다.

북해빙궁의 소궁주가 사천을 찾아가서 무엇을 한단 말인가. 더군다나 사천에는 사천당문이 있다. 아무리 오래전의 일이라 해도 당문은 그 일을 뼛속 깊숙이 새기고 있다.

어떠한 일이 벌어질지 알고 단신으로 사천을 찾아간단 말인가.

“내 알기로 자네 혼자 나온 것으로 아는데…….”

“맞습니다. 저랑 북설, 이렇게 둘만 북해빙궁에서 나왔지요.”

“후, 그렇다면 가능하면 당문의 사람들과 만나는 건 피하는 것이 좋을 걸세.”

“힘들 것 같은데요.”

설무린이 웃으며 대꾸했다.

그 미소를 본 당한림이 걱정스럽게 물었다.

"힘들다니?"

"안타깝게도 제가 찾아가는 곳이 바로 사천당문이니까
요."

"뭐라고?"

청천벽력(靑天霹靂) 같은 소리에 당한림이 놀란 표정을 지
어 보였다. 북해빙궁의 소궁주가 사천에 들어섰다는 것만 알
아도 이를 갈 이가 당문에 한둘이 아니다.

그런데…… 피해도 모자랄 판에 오히려 찾아간다고?

호랑이 입 속에 머리통을 집어넣는 꼴이 아닌가!

"…자네가 북해의 소궁주라 해도 사천당문에 찾아간다면
성히 놔주지는 않을 걸세."

"후후! 위험한 건 저도 압니다. 하지만… 그런 위험을 감수
하고서라도 가야 하는 이유가 있습니다."

웃으며 말하는 설무린이었지만 두 눈동자가 번쩍거린다.

확고한 의지가 담긴 눈빛. 그 눈동자에는 결연한 의지가 담
겨져 있었다.

그랬기에 당한림은 만류하기도 애매한 표정으로 고개를
절레절레 저을뿐이었다.

"이거참, 굳이 위험을 감수하고서라도 당문에 가려고 하다
니…… 하지만 말린다고 들을 것 같지도 않군."

"물론입니다."

설무린은 생각할 것도 없다는 듯 바로 대꾸했다.

그때 옆에 있던 당서화가 나섰다.

"숙부, 대체 무슨 일이에요? 대충 듣기는 했는데 이 언니가 제 사촌이라는 건가요?"

"그렇게 되겠구나."

"우와! 언니, 만나서 반가워요."

당서화가 바로 북설의 양손을 마주 잡고 신난 듯이 웃기 시작했다. 북설은 갑작스러운 당서화의 행동에 당황하면서도 잡힌 손을 빼지 않았다.

당서화는 진정으로 즐거운 표정이었다.

그런 당서화를 뒤로하고 당한림이 설무린에게 다가가서 조용히 물었다.

"당문에는 어떤 이유로 찾아가려는 것인가?"

"해약을 부탁할 것이 있어서요."

"이런……."

당문을 찾아가는 것만도 문제가 될 터인데 해약을 부탁한다니.

과연 그 부탁을 들어줄지가 의문이다.

물론 북설을 당문으로 데려가고 싶은 것이 당한림의 솔직한 마음이다.

아버님에게도, 형님들에게도 북설의 존재를 보여주고 싶다.

북설은 환영받을 게다.

당미진이 죽었다는 말에 아버지는 크게 슬퍼하지 않았던 가. 그런 와중에 당미진을 꼭 닮은 그녀의 딸인 북설을 본다면 어찌 기쁘지 않겠는가.

하지만…… 설무린은 아니다.

오히려 그런 북설의 옆에 설무린이 있다는 사실에 더 노여워할 수도 있는 노릇 아니던가.

걱정이 되지만 어차피 자신이 어찌할 일이 아니다.

선택은 설무린의 몫이고, 자신은 그저 보고만 있을 수밖에 없는 노릇이다.

당한림이 설무린에게 말했다.

"이왕 이렇게 된 것, 같이 가지 않겠는가? 어차피 우리도 본 문으로 향하고 있고 자네도 마찬가지니까. 그리고 우리와 함께 한다면 당문에 들어서는 것도 더 쉬울 것이네."

"그래주신다면 저희야 고맙지요."

당문으로 가서 자신들의 정체를 밝히고 북설에 대해 말하고…… 그런 복잡한 일을 설무린이 하는 것보다는 같은 사천 당문의 문도인 당한림의 도움을 받는 것이 한결 편하다.

그리고 가는 내내 당한림에게 이것저것 묻고 싶은 것도 많았다.

그랬기에 설무린은 쉽사리 그의 제안에 수긍한 것이다.

"좋네. 우리도 한시가 급한 상황이니 어서 사천으로 가지."

설무린과 북설은 서로를 슬쩍 바라보며 조심스럽게 고개
를 끄덕였다.

추후의 일이 어떻게 될지는 모르겠지만…… 당문으로 간
다.

第十章

노야(老爺)

“언니, 언니!”

당서화의 목소리가 귓가를 때렸다.

두 사람의 합류로 설무린 일행은 제법 시끌벅적하게 변했다. 거의 대부분의 대화의 시작은 역시나 당서화였다. 그녀는 새로 생긴 언니인 북설이 마음에 드는지 연신 옆에 붙어서 쫑알거렸다.

북해빙궁에 대한 궁금한 것도 잔뜩 묻기도 했고, 어떻게 피부 관리를 하냐는 등 쉬지 않고 입을 열었다.

계속해서 말을 걸어오는 당서화 탓인지 요즘 들어 조금 말이 없는 북설이었다.

대화를 나누는 것은 북설과 당서화뿐만이 아니었다.

설무린 또한 말을 타고 이동하며 시간이 날 때마다 당한림과 이야기를 나눴다.

처음에는 설무린이 북해빙궁의 인물이었기에 그리 맘에 들지 않던 당한림이었지만 점점 시간이 지날수록 그는 설무린을 매력적인 사내라고 느끼기 시작했다.

다소 건방져 보이지만 예의가 있고, 말을 할 때도 무엇인가 깊은 생각이 느껴진다.

종종 서로 문(文)이나 무(武)에 관해 대화를 나눌 때도 설무린의 박식함에 당한림은 매번 속으로 감탄하곤 했다. 어린 나이임에도 불구하고 모자란 것이 없는 사내.

그리고 보지는 못했지만 그 무공 실력 또한 보통이 아닐 것이다.

당한림은 일전에 설군표를 본 적도 있다.

설군표의 자질에 무척이나 놀라면서도 부러워했었다.

물론 그 사건 이후에 그 같은 마음을 표현한 적은 없지만 말이다.

그 아비에 그 자식이라 했던가?

설무린은 뛰어난 사내였다.

해가 뉘엿뉘엿 산 뒤로 모습을 감추고 있었다. 이쪽 길이 초행인 설무린과는 다르게 당한림은 제법 지리에 익숙했다. 그가 손으로 조그마한 샛길을 가리켰다.

“이 길로 이각가량 가면 마을 하나가 있네. 그곳에 가서 오늘은 여독을 푸는 게 어떤가?”

“전 좋아요, 숙부!”

오랜 야영이 지쳤던 당서화가 기다렸다는 듯 손을 번쩍 들며 소리를 질렀다. 그런 당서화의 행동을 보며 살짝 미소를 지었던 당한림이 설무린을 바라봤다.

“괜찮겠나?”

“어차피 쉴 거라면 따뜻한 방이 좋지요.”

“좋네, 그럼 가세나! 이랴!”

당한림이 발등으로 말의 배를 두드리며 앞서서 나아가기 시작했다.

앞장서서 가는 당한림을 따라 이각가량 움직였을 때다. 샛길 사이로 조그마한 마을이 모습을 드러냈다. 설무린은 당한림의 옆으로 다가오며 말했다.

“근방에 자주 다니신 모양입니다.”

“난 사천당문에서도 제법 바깥으로 돌아다니는 사람이거든.”

당한림이 빙긋 웃으며 대꾸했다.

추풍독객(追風毒客). 무림에서 당한림을 부르는 별호였다.

일 년의 삼분의 이 이상을 사천당문이 아닌 외지에서 보내는 당한림이다.

나머지 시간은 중원을 떠돌며 수많은 약재와 독초들을 구하는 일을 맡고 있다. 쉬운 일이 아니지만 이제는 오랜 시간 해온 일이고 유랑을 다니는 것 또한 나름 낭만있는 일이기에 당한림은 자신이 하고 있는 이 일을 좋아했다.

마을의 입구에 도착한 당한림이 말 등에서 뛰어내렸다.

"으랏차!"

말의 고삐를 잡은 당한림이 마을 안으로 걸어 들어가기 시작했고, 다른 이들 또한 그 뒤를 따라 걸었다.

마을은 조용했다.

한눈에 봐도 채 오십 가구가 되지 않을 법한 곳. 이런 곳에 객잔이 있을 턱이 없었다.

객잔을 찾기 위해 주변을 두리번거리던 설무린이 이상하다는 듯 말했다.

"객잔이 안 보이는데…… 설마 마을에 와서 마구간 같은 곳에서 자자고 하시려는 건 아니겠지요?"

"허허, 설마 이런 아리따운 소저들을 마구간에서 재우겠는가? 날 따라오게. 내 아는 사람이 있으니 그곳에 가서 신세를 지면 된다네."

이 마을에 제법 온 경험이 있는지 당한림은 머뭇거리지 않고 어딘가를 향해 갔다. 마을의 중앙 쪽으로 들어선 당한림이 어느 집으로 다가갔다.

그 집은 이 마을에서 본 어떠한 건물과도 비교할 수 없을 정도로 호화스러웠다.

문을 열고 안으로 들어서자 사내 하나가 급히 다가와 당한림을 맞았다.

사내가 친근하게 당한림에게 인사를 건넸다.

"안녕하십니까, 어르신."

"오랜만일세. 그간 잘 지냈는가?"

"물론이지요."

"한 노야를 뵈러 왔는데…… 계시는가?"

"안에 계십니다. 제가 안에 기별을 넣고 오겠습니다."

"그래주면 고맙지."

말을 마친 사내가 건물 안쪽으로 들어갔고, 설무린이 건물 내부를 휘휘 둘러보며 휘파람을 불었다. 이런 자그마한 마을하고는 어울리지 않는 집이다.

커다란 마을에나 있을 법한 건물이 이런 조그마한 곳에 있는 것이다.

설무린이 궁금하다는 듯 물었다.

"다른 건물하고 크게 비교되는군요. 한 노야라… 뭐 하시는 사람입니까?"

"한때 상가를 운영하시던 분이지. 그러다가 상가가 무너지고 이곳으로 자리를 옮겨 조용하게 살고 계신다네. 아주 옛날부터 인연이 있어 종종 이리 신세를 지고 있지."

"호오."

설무린이 고개를 끄덕였다.

이 집에서 일을 하는 사내가 사라진 지 얼마 되지 않아 인자한 얼굴의 노인이 급하게 바깥으로 걸어나왔다. 그는 당한림을 보며 반가운 얼굴로 급히 다가왔다.

노인이 너털웃음을 터뜨렸다.

"껄껄, 오랜만에 오셨구려."

"한 노야, 건강해 보이십니다."

"정말이오? 하지만 속까지 그렇지는 않다오. 나이를 먹어서 그런지 삭신이 쑤시는 것이…… 슬슬 갈 날이 되지 않았나 싶을 지경이라오."

"아직 이리 정정하신데 그럴 일이야 있겠습니까."

당한림 또한 환한 미소를 지으며 한 노야의 말에 대꾸했다.

가벼이 담소를 나누던 중 한 노야가 다른 이들을 바라보며 궁금하다는 듯 물었다.

"이 젊으신 분들은 뉘시오?"

"아참, 소개가 늦었습니다."

당한림은 우선 당서화를 바라봤다.

"저희 문주님의 딸인 당서화라고 합니다."

"안녕하세요, 당서화라고 해요."

발랄하게 웃으며 당서화가 한 노야에게 인사를 건넸다. 그러자 한 노야 또한 당서화의 인사를 받아주었다. 사람 좋은 미소를 터뜨리며 한 노야가 당서화를 칭찬했다.

"허허, 참으로 밝은 소저시구려. 그렇다면 다른 이 두 분은……."

"아, 개인적으로 친분이 있는 사람들입니다. 이번에 사천 당문으로 갈 일이 있다 해서 함께하고 있지요."

"그렇구려. 왠지 세 분 모두 범상치들 않아 보이는 게 젊은 영웅들을 저희 집에 모신 것 같아 기분이 좋소이다."

한 노야라는 사람은 상업에 종사했던 사람이라 그런지 청산유수(靑山流水)처럼 말을 쏟아냈다.

더군다나 한 노야의 미소는 사람의 마음을 편하게 만들어 주는 묘한 기운이 있었다.

잠시 서서 한담을 나누던 한 노야가 급히 생각났다는 듯이 말했다.

"아차차! 이곳에서 이럴 것이 아니라 안으로 드시는 것이 어떠시오? 슬슬 저녁 시간이니 짐들 풀고 식사들 함께합시다. 괜찮으시겠소?"

"저희가 거절할 이유가 없지요. 한 노야의 환대에 언제나 감사할 뿐입니다."

"껄껄! 우리 사이에 무슨. 그런 겉치레 인사는 되었고 서둘러들 오시오. 내 준비는 못했지만 최대한 한 번 그럴싸하게 한 상 준비하리다."

이야기를 끝낸 한 노야는 아까 전에 봤던 사내를 불렀다.

사내가 다가오자 한 노야는 간단하게 몇 가지의 것들을 지시했다.

"손님들을 방으로 모시어라. 그리고 주방에 가서 한 상 크게 준비해 달라고 말하고. 귀한 손님이시니 아주 상다리가 휘어져야 한다고 꼭 전하거라."

"예, 어르신."

사내가 꾸벅 고개를 숙이며 뒤로 물러섰다. 그가 당한림의 옆으로 다가와 고개를 조아리며 말했다.

"절 따라오시지요."

"그러지."

넷은 사내의 안내를 받으며 장원 안에 있는 방으로 안내받았다.

개개인에게 하나씩의 방이 주어졌고 그곳에서 짐들을 풀어놓고 쉬고 있으면 이내 연락을 주겠다며 사내가 사라졌다.

간단하게 짐을 내려놓은 설무린이 조용히 방을 살폈다.

손님들이 머무는 방으로 보이는 데도 불구하고 꽤나 휘황찬란하다.

벽에 걸린 그림 한 폭, 탁자 위에 있는 도자기 한 점조차 무척이나 귀해 보인다.

거기다가 형형색색(形形色色)의 여러 가지 꽃들이 꽂혀 있는 꽃병도 있었다.

그다지 설무린의 취향은 아니었지만 그거야 사람 개개인마다의 특성 아닌가.

짐을 내려놓은 설무린이 방문을 벗어나 문틀에 털썩 앉았다.

벌써 해는 산 너머로 모습을 감추고 주변은 어둑어둑해지고 있었다. 그리고 그런 설무린의 옆에는 어느새 다가온 북설이 있었다.

북설은 방 안에서 설무린의 움직임을 느끼기가 무섭게 바로 움직였다.

턱을 괸 채로 앉아 거멓게 변해가는 하늘을 바라보던 설무린이 뒤쪽에 있는 북설에게 말을 걸었다.

"해약을 받을 수 있을까?"

"……."

"솔직히 조금 불안해. 사천당문에서 선뜻 해약을 만들어줄 것 같지 않으니까. 물론 해약을 만들어낼 수 있다는 가정 아래 할 수 있는 말이지만 말이야."

"가능할 겁니다."

"그랬으면 좋겠군. 잘못했다가 도리어 나만 죽게 되는 거 아닌가 모르겠어."

다소 자조 섞인 미소를 담은 채로 설무린이 중얼거렸다.

새카만 하늘을 보고 있자니 절로 마음까지 낮게 가라앉는 듯한 느낌이다.

사천당문은 북해빙궁의 소궁주인 자신을 반기지 않을 게다.

최악의 경우에는 정말로 죽이려 들지도 모르는 일이다. 그걸 알면서도 설무린은 확실하지 않은 조그마한 희망을 가지고 사천당문에 가고 있는 것이다.

그렇게 말하는 설무린을 향해 북설이 입을 열었다.

"…소궁주님답지 않습니다."

"응?"

북설의 말에 설무린이 고개를 돌려 뒤쪽에 서 있는 그녀를 올려다봤다.

자신에게 설무린의 시선이 향하자 다소 당황하기는 했지만 북설은 자신의 마음속에 담긴 말을 고스란히 내뱉었다.

"소궁주님은 할 수 있을까보다는 해보자는 말을 하시는 분입니다. 약한 모습은…… 어울리시지 않습니다."

"…이거 한방 먹었는데?"

설무린이 씩 웃었다.

딱히 나약한 소리를 하려고 했던 것은 아니다. 단지 지금 상황이 다소 막막하였기에 하늘을 바라보며 푸념을 토해냈던 것뿐이다.

하지만 북설의 한마디에 설무린은 미소를 짓고야 말았다.

자리에 앉아 있던 설무린이 튕기듯이 몸을 일으켜 세웠다.

"네 말대로다. 만약 당문에서 무리라고 해도…… 어떻게든 해보는 게 낫지."

설무린이 손을 뻗어 북설의 머리를 마구 헝클어뜨렸다.

그리고는 북설의 귓가에 고개를 들이밀고는 작은 목소리로 중얼거렸다.

"고맙다."

그 한마디에 북설의 얼굴이 확 하니 붉어졌다. 그녀는 자신도 모르게 뒤로 두어 걸음 뒷걸음질쳤다. 북설은 붉어진 얼굴을 감추기 위해 고개를 숙였다.

그때 때맞추어 한 노야의 집에서 일하는 식솔이 모습을 드러냈다.

설무린과 북설을 발견한 그가 고개를 숙이며 말했다.

"식사 준비가 다 되셨다고 모시고 오랍니다."

그 사내 덕분에 북설은 잘 익은 홍시마냥 붉어진 자신의 얼굴을 감출 수 있었다.

第十一章

인회(人會)

식사자리는 늦게까지 계속되었다.

오랜만에 만났는데 술 한잔 없으면 되냐며 한 노야는 커다
란 술 동아리를 꺼내왔다. 그리고 무척이나 독한 술을 모두
비울 때까지 설무린 일행은 쉬지 않고 잔을 기울여야 했다.

북설을 제한 모두가 적지 않은 술을 마셨고, 밤은 점점 깊
어져만 갔다.

자정이 넘어설 때까지 계속되었던 술자리는 동이 난 항아
리와 함께 끝이 났다.

당한림이 비틀거리며 자리에서 일어났다.

붉어진 얼굴이 취기가 잔뜩 올랐다는 것을 여실히 보여주

고 있었다. 내공을 사용하지 않은 탓에 이미 당서화는 쓰러진 지 오래였다.

"이거 너무 큰 대접을 받았습니다."

"천만의 말씀입니다."

말을 하는 한 노야의 얼굴에도 피로가 가득했다. 대충 자리에서 일어나 서로 인사를 한 후에 각자의 방으로 돌아가기 시작했다.

당한림이 취한 당서화를 업었고, 설무린과 북설은 그런 그의 옆에서 함께 걸었다.

당한림은 옆에 있는 설무린을 보며 말했다.

"술을 제법 하는군 그래."

"적당히는 하는 편이죠. 뭐든 지고는 못 사는 성미라서……."

"큭큭. 하여튼 재미있는 사내야, 자네는."

설무린의 말이 유쾌했는지 당한림이 실소를 흘렸다.

자신을 향해 미소 짓는 당한림을 향해 마찬가지로 웃음을 흘리던 설무린이 갑자기 옆으로 고개를 돌렸다.

설무린의 표정에서 웃음이 걷히자 당한림이 이상하다는 듯 물었다.

"왜 그러는가? 무슨 일이라도……?"

"아뇨, 왠지 찜찜한 기분이 일순 들어서요."

자신도 모르게 스쳐 지나가는 바람이 느껴지는 순간 등골이 바짝 긴장됐다. 하지만 딱히 그러할 만한 이유가 없었기에 설무린은 다시금 표정을 바꾸고 걸음을 옮겼다.

그 와중에서도 설무린은 빠르게 몸 안에 남아 있는 주기(酒氣)를 내공으로 모두 날려 버렸다.

무인의 감각이라는 것이 있다.

왠지 모를 미묘한 기분을 설무린은 자신의 착각이라고 생각했지만 완전히 무시하지는 않았다.

혹시 모를 일이라는 것이 있다.

그러한 상황을 위해 몸 상태를 최상으로 만들어두는 것이다.

나름 긴장을 세웠던 설무린이었지만 결국 자신들의 거처로 돌아갈 때까지 아무런 이상한 일도 일어나지 않았다.

당서화를 업은 채로 당한림이 짤막하게 인사를 건넸다.

"내일 아침에 보세나. 설이 너도 잘 자고."

"예."

북설이 화답하자 살짝 미소를 지었던 당한림이 방 안으로 사라졌다.

설무린은 다시 한 번 주변을 둘러봤다.

아무런 이상한 점도 느껴지지 않는다, 미묘한 감각을 받기는 했지만.

'내 착각이었던 건가.'

설무린이 가만히 서 있자 북설이 조심스럽게 물었다.

"소궁주님, 왜 그러십니까?"

"뭔가 이상한 느낌이 들기는 한데……."

"이상한 느낌 말입니까?"

"아무것도 아닌 모양이다. 걱정 말고 방으로 들어가거라."

말을 마친 설무린은 먼저 방문을 열고 안으로 들어섰다. 그리고는 조심스레 침상에 가서 몸을 눕혔다. 오랜 여정과 술 탓에 눈을 감자마자 졸음이 밀려온다.

스르륵 눈을 감던 설무린의 눈이 갑자기 부릅떠졌다.

다시 한 번 미묘한 감각이 꿈틀거리기 시작했다.

'이건……!'

설무린은 망설이지 않았다. 그대로 주먹을 휘둘러 문을 단숨에 박살을 내버렸다.

퍼엉!

터져 나가듯 문이 팅겨져 나왔고, 그 소리에 북설과 당한림이 급히 방 밖으로 뛰어나왔다. 놀란 둘이 막 방에서 나오는 설무린을 바라봤다.

"자네, 이게 무슨……."

"당 대협은 당 소저를 방에서 빨리 빼오셔야 합니다. 대신 방에 들어선 후에 호흡은 자제하십시오."

"그건 왜……."

"시간이 없습니다!"

"아, 알겠네."

설무린이 버럭 소리를 지르자 당한림은 우선 그 말대로 하기 위해 방에 급히 달려들어 가 침상에서 잠에 빠져 있는 당서화를 안고 바깥으로 걸어나왔다.

비록 설무린이 시키는 대로 하기는 했지만 당한림은 의문투성이였다.

갑작스럽게 문을 부수고 뛰쳐나오더니 잘 자고 있는 당서화를 데리고 나오라니. 술에 취해서 난동을 부리는 것이 아닌가 하는 착각이 일 정도였다.

하지만 그런 당한림과 달리 북설은 이미 싸움을 할 것처럼 검을 뽑아 든 상태였다.

북설은 설무린을 잘 안다.

설무린이 이 같은 행동을 했다면…… 분명 이유가 있다.

당한림이 급히 당서화를 깨우면서 설무린에게 물었다.

"갑자기 왜 그러는가?"

"무슨 독인지는 모르겠지만…… 독에 중독시키려고 했습니다."

"뭐라고?"

"방에 있던 화분의 꽃. 그곳에서 이상한 가루가 흩날리더군요. 그리고 아까 마셨던 술. 아주 묘하게 감각을 둔화시키는 것 같군요. 아마도 그대로 모른 채로 잠이 들었다면 그 꽃에서 퍼져 나온 독분에 당했겠지요."

"그게 사실인가?"

믿을 수 없다는 듯 당한림이 눈을 크게 떴다.

다른 것도 아닌 독이라니? 당한림 자신 또한 알아차리지 못했던 것이다.

막 자리에서 일어난 당서화는 상황을 알아차리지 못했는지 어리둥절한 표정을 짓고 있었다. 하지만 뭔가 일이 일어났다는 것 정도는 눈치로 안 당서화 또한 내공으로 단숨에 술기운을 날려 버렸다.

설무린이 담장을 휘 둘러보며 중얼거렸다.

"도망치기도 너무 늦었군요. 이미 포위된 것 같습니다."

"포위라고? 대체 누가 그런 짓을……."

"그냥 독에 중독되어 줬으면 좋았을 것을, 굳이 일을 귀찮게 만드는군."

낯선 목소리에 모두의 시선이 문 쪽으로 향했다.

장원 안으로 들어설 수 있는 유일한 문으로 노인 하나가 천천히 걸어 들어오고 있었다.

얼굴에 검버섯이 잔뜩 핀 노인이었다.

한눈에 봐도 적지 않은 나이를 먹었을 것이 분명한 그 노인이 설무린을 바라봤다.

설무린과 눈이 마주치는 순간, 노인이 입끝을 올렸다.

"크크크! 드디어 만났구나."

웃음을 터뜨리는 순간, 전신에 소름이 오싹 돋는다. 노인의 입에서 터져 나온 웃음은 실로 괴이했다. 그 웃음소리에 당서화가 절로 표정을 구겼을 정도였다.

설무린은 불편한 표정을 지으며 노인을 향해 귀찮다는 듯이 말했다.

"노인장은 날 아시오?"

"물론이지! 네놈이 저지른 일들을 해결하느라 중원의 절반을 돌아다닌 나다. 그런 내가 네놈을 모를까!"

"흠… 내가 저지른 일이 뭔지 모르겠지만 노인장이 그랬다니 고생하셨소. 하지만 굳이 안 그러고 다니셔도 될 거요. 내 뒤처리 정도는 알아서 할 수 있으니까 말이오."

"세 치 혀가 제법 맵구나. 하지만 그것도 오늘이 마지막이 될 게다."

그때 노인을 향해 당한림이 찜찜한 표정을 지으면서 물었다.

"한 노야는 어떻게 하고 당신이 이곳을 점령한 거요?"

"푸, 푸하하! 그놈 말이냐? 당한림! 네가 이 마을에 머물 때마다 이곳에서 머문다는 사실을 알고 있었다. 그렇기에 미리 이야기를 끝내두었지. 비록 적은 양이기는 하지만 술에 감각이 무뎌지게 하는 독이 타져 있는 것도 들어서 알고 있지 않은가. 그놈에게 상가를 다시 일으켜 세울 정도의 돈을 준다니 바로 너를 팔더군."

"…허허."

허탈하다는 듯이 당한림이 웃음을 흘렸다.

그래도 오랜 시간 알아왔고 자주 왕래를 하던 사이라 생각했거늘. 이토록 배신을 한 것이다.

노인이 표정이 일그러지는 당한림을 보며 불쌍하다는 듯이 혀를 찼다.

"쯧쯧. 당한림, 당서화, 운이 없었어. 안됐지만 우리를 본 이상 너희 둘 또한 살려둘 수는 없지."

"대체 뭐 하는 작자이기에 이토록 오만방자한가!"

당한림이 버럭 소리를 내질렀다. 비록 성품이 부드러운 편인 그이지만 손속까지 그런 것은 아니다. 당한림은 사천당문 내에서도 손으로 꼽히는 고수였다.

당한림은 무인이면서도 또한 독인이었다.

독을 자유자재로 사용하는 독인이라면 무인이라도 쉽사리 싸움을 꺼려하는 것이 사실이다.

그런데 상대인 노인은 전혀 그렇지 않았다.

당한림의 정체를 모르면 모를까, 직접 이름까지 거명하면서도 이처럼 대하고 있다.

마치 안중에도 없는 듯한 태도가 아니던가.

자신을 향해 소리치는 당한림을 보며 오히려 노인은 재미가 있다는 듯 말했다.

"넌 모르겠지만 네놈을 어느 정도 알고 있을 게야. 그렇지, 북해 소궁주?"

"당신이 누구인지는 모르겠지만 그건 알고 있소. 여태까지

날 죽이려던 그들과 한패겠지."

"그래. 그리고 여태까지 네게 왔던 다른 그 모두를 보낸 게 바로 나야. 그 말뜻이 뭔지는 알겠지?"

"…인회주인가 뭔가 하는 작자가 당신이었군."

"이런! 그것까지 알고 있었나?"

인회주라는 말이 나오자 제법 놀란 듯이 노인이 눈을 크게 떴다. 물론 자글자글한 주름살 때문에 별로 그리 보이지는 않았지만 말이다.

"연위지인가 하는 그 사람이 말하는 걸 들었소."

"쯧! 그놈 해결도 하지 못할 거면서 왜 입은 나불거리누. 멍청하게 떠들어대기만 하고 이런 일 하나 제대로 마무리 짓지 못하다니……."

우습다는 듯이 인회주는 비웃음을 가득 날렸다.

설무린은 그런 인회주를 향해 차가운 목소리로 말했다.

"다른 이들은 숨겨놓고 뭘 할 생각이오? 혹시 혼자서 싸우려는 건 아닐 거라 생각하는데……."

"네놈이 재촉하지 않아도 그리할 생각이었다. 흑살단(黑殺團)."

순간 왼쪽 담장으로 수십에 달하는 흑색 무복을 입은 자들이 모습을 드러냈다. 하지만 그들이 숨어 있는 인회 무인의 전부가 아니었다.

"그리고 적혈단(赤血團)."

이번엔 오른쪽 담장 위로 붉은 옷을 입은 자들이 우수수 쏟아져 나왔다. 그리고,

"암영풍마단(暗影風魔團)."

긴 창을 든 몇 몇 사내들이 담장의 뒤편을 장악하면서 나타났다.

그리고 정면에는 인회주가 홀로 고고히 서서 양팔을 벌리고 있었다. 이곳에 나타난 숫자가 언뜻 봐도 대략 오십여 명 정도.

장원은 완전히 포위됐다고 해도 과언이 아니었다.

당서화는 겁을 먹었는지 슬며시 당한림의 옷소매를 움켜잡았다. 그녀의 손길을 느껴서였을까?

당한림이 이를 부드득 갈았다.

분노가 치밀어 오른 당한림이 거친 목소리로 인회주를 향해 소리쳤다.

"감히 우리 사천당문을 적으로 둘 생각이더냐!"

"감히? 지금 감히라고 한 것인가?"

인회주는 어처구니없다는 표정으로 당한림을 바라봤다. 그러더니 이내 가볍게 발을 굴렀다.

쿠웅!

건물 전체가 떨릴 정도로 어마어마한 힘이 실려 있는 발걸음이었다.

"사천당문 따위가 내 앞에서 감히라는 말을 붙인단 말인

가? 본 궁에 너희 사천당문 따위는 애초부터 안중에도 없다!
함부로 이름을 들이밀지 말거라 건방진 꼬맹이!"

당한림 또한 적지 않은 나이였지만 인회주에 비한다면 어려도 한참은 어렸다.

사천당문이 모욕당하자 당한림의 안색이 시뻘겋게 변했다.

적의 숫자가 무척이나 많았지만 당한림은 전혀 그것에 대해 두려워하는 기색을 보이지 않았다.

오히려 분에 찬 듯 이를 갈며 말을 내뱉었다.

"오냐, 그리 얕보는 우리 당문의 힘을 보여주마."

"흐흐! 그래도 추풍독객이라 이것인가?"

인회주가 가볍게 주변을 한 번 둘러봤다. 이곳에 모인 이들은 인회에서 긁어모은 강자들이다.

세 개의 단의 인원을 데리고 오느라 포기해야 했던 수많은 일들.

설무린을 죽임으로써 그것들에 대한 보상을 받고야 말 것이다.

"싸움을 시작해 볼까? 아, 그리고 이곳뿐만 아니라 마을 전체가 텅텅 비었으니 마음껏 발악해. 이곳은 너희들의 무덤이 될 게야. 도망치고 싶다면 한 번 도망쳐 봐. 물론…… 도망칠 수 있다면 말이야."

인회주의 나무껍질 같은 피부가 꿈틀거리며 조롱이 가득

섞인 웃음소리가 흘러나왔다.

"이익!"

그 모습에 당서화가 입술을 꽉 깨물며 분을 삭였다.

하지만 그 누구도 아직 섣부르게 움직이지 못했다. 지금 자신들을 에워싸고 있는 자들이 얼마나 강한지 잘 알기에 더욱 함부로 행동할 수가 없었던 것이다.

설무린은 침착하게 주변에 있는 자들의 실력을 정리했다.

흑살단과 적혈단, 그리고 암영풍마단. 이렇게 셋이 바로 이 장원을 둘러싸고 있다.

흑살단과 적혈단의 실력은 호각지세 정도로 보였다.

반면 모두가 창을 들고 있고 숫자가 가장 적은 암영풍마단은 개개인의 몸에서 풍기는 기도가 남달랐다.

'그나마 마을이 텅텅 빈 것이 다행이로군.'

덕분에 전장을 더욱 넓게 쓸 수 있게 됐다.

거기다가 당한림과 당서화는 사천당문의 인물들이다. 그들의 암기나 독은 주변에 있는 다른 사람들에게도 상처를 입힐 수 있다.

그런데 마을 사람들이 모두 없다면 그들 또한 보다 자유롭게 움직일 수 있지 않겠는가.

'이렇게 싸운다면 필패(必敗).'

진영이 좋지 못하다. 사방에서 공격이 들어온다면 자기 몸 하나 간수하기 힘든 상황에 결국 하나씩 무너지고야 말 것이다. 가장 좋은 선택은 전장(戰場)을 바꾸는 것이다.

'이들의 진영을 무너뜨리고 각자의 장점을 활용해야 한다.'

당한림과 당서화는 독과 암기를.

북설은 은신술을, 그리고 설무린 자신의 무공을.

한층 강해진 내공의 깊이로 인해 설무린은 예전에 비해 훨씬 강력한 북해의 무공들을 선보일 수 있게 되었다.

다행스러운 것은 암혼지옥단에 비한다면 이들 모두 한 단계 이상 아래라는 것이었다.

거기다가 당한림이라는 조력자도 있다.

당한림 정도 되는 자라면 제법 큰 도움이 되어줄 수 있다. 문제는 바로 이들을 돌파하고 나가는 것인데…….

'내가 뒤, 북설이 오른쪽, 그리고 둘에게 왼쪽으로……'

설무린은 모든 계산이 끝났다.

어떻게 될지 모를 일이지만 지금으로 할 수 있는 최선책의 싸움법을 생각해 낸 것이다.

설무린은 가장 먼저 당한림에게 전음을 날렸다.

"당 소저를 데리시고 왼쪽에 있는 자들을 뚫고 움직이시지요. 그리고 마을의 초입 부분에서 다시 합쳐서 싸워야 합니다. 이곳은 지형이 좋지 않습니다."

"알겠네, 그리하지."

"싸움은 최대한 피하셔야 합니다. 괜히 길어지면 모두가 죽을지도 모릅니다.”

눈 한 번 깜빡 할 시간에 생사가 오가는 싸움이다. 괜히 뒤쫓아오는 자들과 손속을 겨루다가는 단숨에 무리들에게 에워싸일 위험이 있다.

가장 빠르게 마을의 입구 쪽에서 다시 합류해서 그때부터 계획대로 움직이면 된다.

마찬가지의 사안을 북설에게도 전한 설무린은 가만히 서서 때를 기다렸다. 지금 먼저 움직였다가는 더더욱 돌파하는 것이 힘들어진다.

그랬기에 때를 기다리는 것이다.

그때라는 것은 바로…….

인회주가 입을 열어 예의 그 소름 끼치는 목소리로 말을 꺼냈다.

“쳐라!”

그리고 바로 자신들에게 저들이 달려오는 지금이 설무린이 기다렸던 그때였다.

“분(分)!”

설무린의 외침에 약속했던 대로 일행은 세 방향으로 나뉘어졌다. 동시에 갈라지며 일행은 제각기 다른 방법으로 어떻게든 장원을 빠져나가기 위해 몸을 날렸다.

역시나 뒤쪽에 있던 암영풍마단은 설무린을 놓치지 않았다.

뒤쪽으로 뛰어들기가 무섭게 그들의 긴 창이 급히 설무린의 길을 막아섰다.

하지만,

탕탕! 타앙!

날아오는 창과 창을 밟으며 설무린의 몸이 허공으로 도약했다.

마치 한 마리의 매처럼 하늘로 솟구쳐 오른 설무린의 몸이 단숨에 장원을 벗어나면서 사라졌다. 설무린을 비롯해 넷 모두 바깥으로 도망쳤지만 인회주의 입가에는 여전히 처음과도 같은 그 잔인한 미소가 걸려 있었다.

'도망칠 수 있을 줄 알았더냐.'

가벼운 비웃음과 함께 인회주가 명을 내렸다.

"뒤쫓는다!"

"존명(尊命)!"

세 개의 단이 미칠 듯이 빠르게 담장을 넘으며 도망치는 설무린 일행의 뒤를 쫓기 시작했다.

모두가 사라진 후에 인회주가 천천히 발을 옮기기 시작했다.

저 세 단의 힘은 어마어마하다. 하지만 역시나 인회주 그가 없다면 연위지와 암혼지옥단을 제압한 설무린을 상대로 크나큰 피해를 감수해야 한다.

인회주가 검버섯이 가득 핀 얼굴로 웃음을 지으며 나지막이 중얼거렸다.

"슬슬 나도 사냥을 시작해 볼까?"

인회주의 몸이 허공을 박차고 올랐다.

『빙마전설』6권에서 계속…

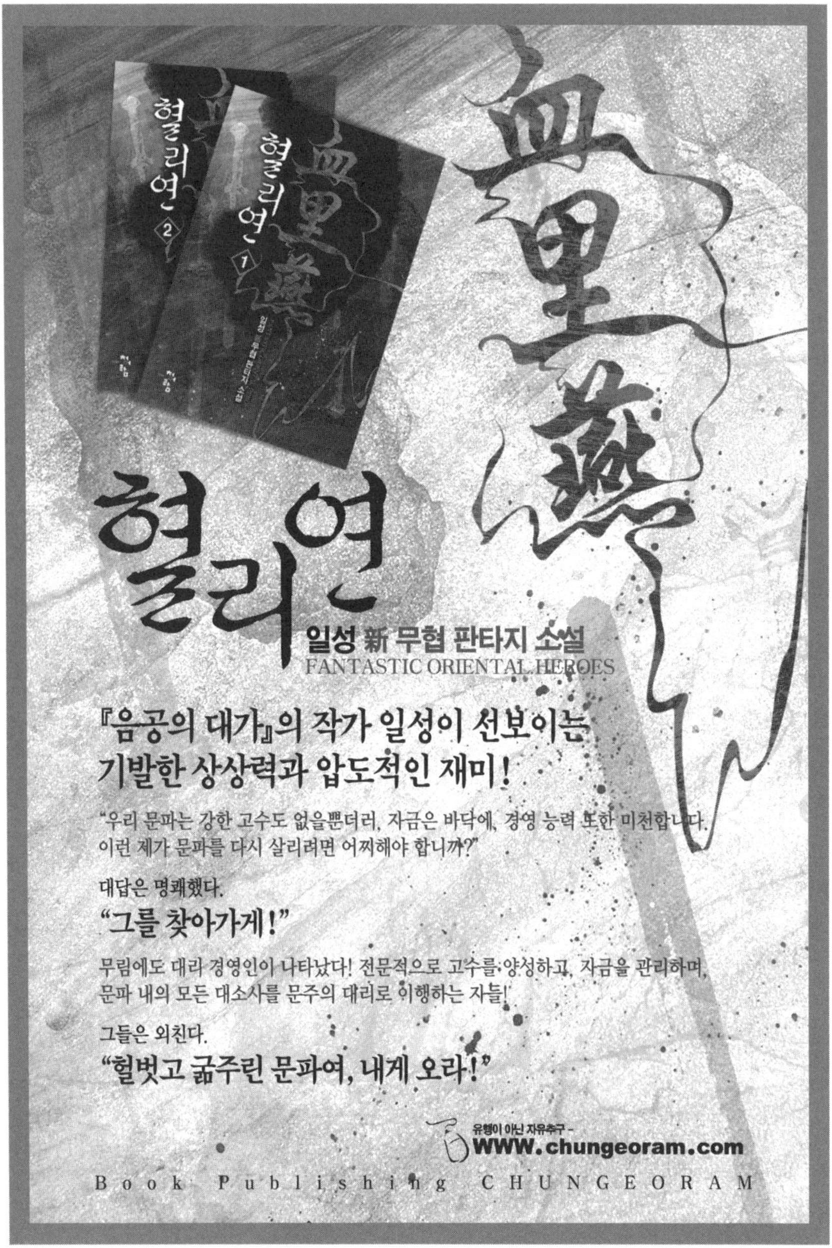
혈리연
일성 新 무협 판타지 소설
FANTASTIC ORIENTAL HEROES
『음공의 대가』의 작가 일성이 선보이는
기발한 상상력과 압도적인 재미!
"우리 문파는 강한 고수도 없을뿐더러, 자금은 바닥에, 경영 능력 또한 미천합니다.
이런 제가 문파를 다시 살리려면 어찌해야 합니까?"
대답은 명쾌했다.
"그를 찾아가게!"
무림에도 대리 경영인이 나타났다! 전문적으로 고수를 양성하고, 자금을 관리하며,
문파 내의 모든 대소사를 문주의 대리로 이행하는 자들!
그들은 외친다.
"헐벗고 굶주린 문파여, 내게 오라!"
유행이 아닌 자유추구 -
WWW.chungeoram.com
Book Publishing CHUNGEORAM

초등학생이 반드시 읽어야 할 좋은 책 49권

각 학년별로 초등학생이 반드시 읽어야할 좋은 책을
선정하여 통합논술의 기본이 되는 '올바른 독서법'을
일깨워 줍니다.

교과서와 함께하는
초등학교 통합논술

초등1학년 | 값 12,000원 | 초등2학년 | 값 9,500원 | 초등3학년 | 값 11,000원 | 초등4학년 | 값 9,500원 | 초등5학년 | 값 9,500원 | 초등6학년 | 값 11,000원

♣ 혼자 할 수 있어요.

엄마가 책 읽는 방법을 가르쳐 주어도 좋아요.
독서지도하는 선생님이 가르쳐 주어도 좋답니다.
"초등 교과서와 함께하는 **통합논술 시리즈**"는
아이 스스로 독서할 수 있도록 꾸며진 책이에요.
엄마와 선생님은 요령만 가르쳐 주시면 된답니다.

♣ 교과서의 중요한 내용이 총정리되어 있어요.

각 학년별로 중요한 교과 내용이 함께 수록되어 있어요.
초등학생은 교과서 내용을 충실하게 공부해야 합니다.
아울러 그와 병행한 독서가 대단히 중요하지요.
"초등 교과서와 함께하는 **통합논술 시리즈**"는
두 가지 방법 모두 알려준답니다.

♣ 이 책은 훌륭하신 선생님들이 함께 쓰신 책이랍니다.

동화작가 선생님들이 쓰셨어요. 소설가 선생님도 쓰셨답니다.
국어 논술독서지도 선생님들도 함께 쓰셨지요.
"초등 교과서와 함께하는 **통합논술 시리즈**"는
엄마의 마음으로 모든 선생님들이 함께 꾸민 책이랍니다.

입소문을 통해 아는 분은 다 알고 계십니다!
올 한해 공인중개사 최고의 화제작!

1~2권 합본 | 이용훈 지음
3~4권 합본 | 이용훈 지음
5~6권 합본 | 이용훈 지음
용어 해설 | 이용훈 지음

수험생 기본 필독서
만화 공인중개사

제목 : 만화공인중개사 쓰신 분에게 감사드립니다.

학원을 두 달 다녔어요. 근데 과연 그 숫자 외우기 그런 게 몇 문제나 나올까 생각을 했어요.
아니라는 생각이 드네요. 학원강의를 뒤로하고 서점을 갔어요. 내 머리에 가장 이해될 수 있는
책이 없나 하구요. 거기서 만화를 발견했어요. 무조건 세 번 봤어요. 3개월 걸렸어요. 문제집을 보라고
했는데 그건 시행을 못했어요. 근데 합격을 했네요.
어떻게 감사의 말을 해야 될지……
도서관에서 만화책 들고 다니니까 사람들이 비웃더라구요. 만화책으로 공인중개사를 공부한다고
미친 사람처럼 보더라구요. 근데 그거 다 감수하고 했던 내가 자랑스럽습니다.
어떻게 감사의 말을 해야 할지… 정말 감사합니다.
부디 행복하세요. 제 나이 41살에 좋은 스승을 만난 것 같습니다.
엎드려 감사드립니다.

―본사 홈페이지에 독자분이 올린 메일 中 에서 발췌―